冤罪で婚約破棄された公爵令嬢は
隣国へ逃亡いたします！

登場人物紹介

ローザ／ロザリンダ・ビビエナ
元公爵令嬢。四面楚歌の状況を察し、貴族の地位を捨てて隣国で平民として生きることに。

アダン
ローザに救われた、不思議な力を持つ青年。エデンとは双子の兄弟。警戒心が強いが信頼した相手には過保護。

エデン
ローザに救われた、不思議な力を持つ青年。訳あって喋ることが出来ない。誰にでも優しく穏やかで、笑顔を絶やさない。

エリオット・リード・ラフィ
ローザの元婚約者である王太子。ローザを罵倒し断罪しようとした張本人。
オリビア・デルタルト
子爵令嬢。エリオットと親しく、相思相愛の恋人同士だと思われている。
ハリー・テルータ
エリオットの側近である侯爵家令息。良くも悪くも真面目。
ティナ
ローザが隣国で働くことになった食堂の店主。客あしらいの上手い美女。
ミゲル
ローザと共に食堂で働く仲間である竜人族の青年。気弱な性格。

一章　偽物の悪役令嬢

「――ロザリンダ・ビビエナ、貴様との婚約を破棄する！」

「なっ……！」

「心優しいオリビアを虐《しいた》げた挙句《あげく》、口を塞ぐために毒を仕込むとは、なんて卑劣なやり方なんだ」

「な、なにを……！　ありえませんわ！　このわたくしがオリビア様に毒を盛るなんて」

周囲からは「まさかあのロザリンダ様が……」「嘘でしょう？」と驚きの声が上がっている。しかし心の中には、そんな声も気にならないほど疑問が浮かぶ。

（ここはどこ……？）

見たことのない光景、知らない場所なのに、この展開になることがわかっていた。そんな不思議な感覚だった。次々に頭に浮かぶ映像と記憶……顔を上げた瞬間に、自分が今、どんな状況なのかを理解する。

（どうして私が〝偽の悪役令嬢、ロザリンダ・ビビエナ〟になっているの……？）

チェリーレッドの髪と吊り目でミステリアスな紫色の瞳。気が強そうな表情と他者を威圧する圧倒的なオーラ。派手なドレスを纏《まと》うことを好んで、次期王妃として完璧な振る舞いを心掛けてきた公爵令嬢ロザリンダ。

以前読んだ物語の登場人物だ。

「ロザリンダ、お前には失望した。嫉妬でおかしくなりこのようなことをしたのか」

「エリオット殿下、お待ちくださいませ！　詳しく話していただけたら、きっとわたくしの無実を証明できますわ」

『ロザリンダは何もしていない』『違う』と声に出したいのに、実際に口から出るのは違う言葉ばかりだ。

（嘘でしょう……？　私の意思とは関係なく口が動いてしまう。これじゃあ反論できないじゃない。勝手に喋らないでよっ！）

思い通りにならない体に苛立ちが込み上げる。今は中身と体がバラバラに動いている状態だった。

「言い訳など聞きたくないっ！」

「言い訳ではございませんわ！　わたくしにも弁解の余地を」

「黙れ……！」

「あ、あの……よろしいでしょうか」

エリオットの後ろから顔を出したのは、プラチナブロンドの艶《つや》やかな髪を腰までの長さに伸ばした少女だった。髪にはウェーブがかかっており、柔らかい印象を受ける。ピンク色の瞳を潤ませた、可愛らしいその少女を見て目を見開いた。

彼女は子爵令嬢オリビア・デルタルト。ロザリンダの婚約者であるエリオットと平然と腕を組んでいる。

ダークブルーの髪を掻き上げながら、蒼《あお》い瞳を優しげに細めてオリビアを愛おしそうに見つめているのは、この国の王太子でエリオット・リード・ラフィだった。

「オリビアはまだ体調が優れないのだろう？　俺が守ってやるから、安心して後ろに控えていてくれ」

「エリオット様、ありがとうございます。私は大丈夫ですから、ロザリンダ様がどうしてこんなことをしたのか……訳を聞いてあげてくださいっ」

「オリビアはロザリンダに毒殺されるところだったんだぞ⁉　それなのに、こんな女のために……なんて慈悲深いんだ」

「きっと何か理由があったと思うのです。そうですよね？　ロザリンダ様」

「オリビア様、あなたはご自分が何を言っているのかわかっているの？」

「もちろん、わかってますけどぉ……ああ、エリオット様、助けてください！　ロザリンダ様がまたいつものように私を睨《にら》んでますっ」

「ロザリンダッ！　オリビアにこれ以上、危害を加えるな。それに訳などありはしない！　この女はただオリビアを羨《うらや》んでこんなことをしたに決まっているっ」

一見すると、オリビアがエリオットを懸命に諫《いさ》めているようにも見える。しかし口ではそう言いつつも、オリビアもまた〝ロザリンダ〟が犯人だと決めつけた発言をしていた。

それに毒を盛られたにもかかわらず、しっかりと自分の足で立ち、可愛らしいピンクと白のドレスに着替えて、この場に立っていること自体、おかしいとは思わないのだろうか。二人の衣装はよく似たデザインだ。

(だから、違うって言ってるでしょう？　どうして今までずっと自分を支えてきた婚約者の言うことを嘘だと決めつけて、簡単に裏切ることができるのよ……！)

いくら心の中で叫んでも、その声がエリオット達に届くことはない。ロザリンダからはオリビアの唇が歪《ゆが》んでいるように見える。ロザリンダがギロリとオリビアを睨《にら》み上げると、肩を揺らしエリオットの背後に隠れてしまう。

「よって……ロザリンダ・ビビエナを処刑する！」

エリオットの言葉にロザリンダは目を見開いた。そして震える唇を開いて声を上げた。

「エリオット殿下、お待ちになってください！　わたくしは納得できませんわ」

「はぁ……最後までうるさい奴め。余計な手間をかけさせるな。もう証拠はあがっている。いくら言い訳しても無駄なんだよ」

「証拠、ですって……？」

「そうだ。ハリー、例のものを」

「はい、こちらです」

エリオットの側近で宰相の息子であるハリー・テルータはかけていた眼鏡をくいっとあげた。ハリーがロザリンダに見せつけるように前に出したのは、見覚えのない小さな小瓶だった。

「この瓶が城にあるお前の控室から見つかったんだ……！　これがオリビアを毒殺しようとした何よりの証拠となる」

「う、嘘よ……！　わたくしはそのような物、知りませんわ」

「もう言い逃れはできないぞ、ロザリンダ」

「誰かがわたくしを貶《おとし》めるために用意したに違いありません！　これは罠です。信じてくださいませ、エリオット殿下……わたくしではないのですっ」

ロザリンダの紫色の瞳にはじんわりと涙が浮かぶ。

（違うわ。本当にロザリンダはやっていないのに……！　それに毒を盛ったなんてありえない……物語はこんな流れじゃなかったのにどうして）

あまりにも過激なエリオットの発言の数々。ロザリンダの断罪シーンは、ここまでひどいものではなかったはずなのに。

このままでいけば、間違いなくロザリンダは本来の物語より重い刑に処される。

物語が違う道へと進んでいた。そして明らかに〝ロザリンダ〟を消そうとしているように思えた。

「ハハッ、誰がそんな根拠のない嘘を信じるというのだ！」

「ロザリンダ様……あなたはオリビア様にくだらない嫌がらせを指示して、追い詰めようとしていたそうじゃないですか。ある令嬢が泣きながらロザリンダ様の仕業だと証言してくれましたよ。公爵令嬢として、未来の国母として恥ずかしくないのですか？」

そんなハリーの言葉を聞きながら、必死で本来の物語の筋書きを思い出す。

この物語においてロザリンダの見た目や役割は悪役令嬢そのものだが本当は無実。全てはロザリンダを利用して、オリビアを排除しようと動いている別の令嬢の仕業なのだ。

つまり、本当の悪役に辿《たど》り着く前のフェイク。ひどい話ではあるが、ロザリンダは物語の途中で読者を惑わせて楽しませるスパイス……そして〝悪役令嬢〟として断罪されてしまう。

幼い頃から次期王妃として厳しく躾《しつ》けられたロザリンダは、王家のためにと身を粉《こ》にして努力をしてきた。自分の立場を守るために必死だったのだが、それを見ていた令嬢に上手く利用されてしまう。本来の流れならば、断罪パフォーマンスの後にロザリンダは一時、城の部屋に軟禁されることになる。

『弁解の余地を！』『必ずわたくしでないと証明してみせます』ロザリンダはそう言って、必死に抵抗した。

勿論、彼女は毒殺を企《くわだ》てたわけではなく、断罪の理由も、令嬢達を扇動してオリビアを追い出そうとした、嫌がらせを繰り返した……というものである。

しかし国王と王妃が帰って来る前に、城に乗り込んできたビビエナ公爵と夫人からロザリンダが強く責められた挙句《あげく》、激しい口論となりその場で除籍されてしまう。

城を出て行った後、王家に尽くすことをすり込まれていたロザリンダは、髪を短く切って今までの自分を捨て去り〝今の自分に出来ることを〟と使用人として城の下働きとして働き始めた。

一方、ロザリンダがいなくなったにも関わらず、オリビアへの嫌がらせは終わらなかった。再び調査が行われ、オリビアに嫌がらせしていた真犯人が見つかったことでロザリンダの無実が証明されるのである。

皆、ロザリンダを責め立てて追い出したことを後悔して心を痛めていた。どんなに罪悪感を感じても、もうロザリンダはいない。

そんな中、使用人として働いていたロザリンダに気づいたオリビアが涙ながらに謝罪した。そしてロザリンダを説得して、オリビアとエリオットに連れられて公爵家に向かう。

ビビエナ公爵も夫人も謝罪の上、「もう一度、やり直していこう」と和解して、ロザリンダは再び公爵令嬢に戻る。

それからロザリンダはオリビアとよき友人となり王家を支えていくと約束をするという感動的なストーリーになっている。

確かに物語的にはヒロインであるオリビアに傷は残らないし、ロザリンダと仲直りをして友達になれば罪が許されて、納得のいく展開なのかもしれない。

けれどエリオットがロザリンダを裏切ったことも、オリビアがロザリンダの婚約者を奪い取った事実も変わらない。そんな元婚約者とその浮気相手と仲良く肩を並べることができるだろうか。娘を庇《かば》いもせずに追い出した両親を許すことができるだろうか。

この物語を読んだときに『私なら許せない』、そう思えて仕方なかった。

しかし所詮、ロザリンダは物語を盛り上げるための脇役。つまりはヒロインの引き立て役でしかない。

ヒロインが困難や間違いを乗り越えて王子と結ばれ幸せであれば、脇役の未来など気にならないことだろう。けれど、どうしてもロザリンダの我慢や努力が報われないことが悲しいと思った。

(ロザリンダの気持ちを考えたら納得できるわけないじゃない……！)

最後まで読み終わる前にモヤモヤとしたものを胸に抱えてしまい、物語を読むのを断念してしまったことを思い出す。

物語に不満を持っている〝私〟を〝ロザリンダ〟に転生させて、どうしたかったのかは不明だが、残念ながらロザリンダよりも善人でもなければ一方的に責められて許せるほど、心も広くない。

(こんな意味のわからない国、さっさと出て行けばいいのよ……！　全てを捨てて、自分の幸せのために貪欲に生きてやる！)

ロザリンダがそんな決意をした時だった。

「――あっ！」

突然、自分の意思で声が出せるようになったことに気づく。目の前で何かを偉そうに語っているエリオット達を気にすることなく、感覚を確かめるように手を何度か開いたり握ったりを繰り返す。

そして先程とは違い、自分の思うままにロザリンダの体を動かすことができる。スッ……と何かに馴染んだような感覚に小さく息を吐き出した。

「もう一度言おう。ロザリンダ・ビビエナ、貴様との婚約を破棄して処刑する」

「……………」

「でもエリオット様、ロザリンダ様が可哀想ですよ？」

「オリビアはなんて優しいんだ。だがこの女の心配をする必要も心を痛めることもない。全ての悪の根源を排除しよう」

「エリオット様がそこまで言うなら、わかりました！」

エリオットとオリビアは手を握り見つめあっている。すっかり二人の世界だ。そんな中、意外にもハリーが前に出る。

「エリオット殿下、お待ちください！　国王陛下とビビエナ公爵の指示なしに勝手に決めるべきではありません。まずはロザリンダ様に城に待機してもらい、指示を仰《あお》ぎましょう」

「ハリー、ロザリンダはオリビアをここまで追い詰めて毒殺を企《くわだ》てたのだ。指示などなくとも結果は同じだろう？」

「ですが……っ」

ハリーはエリオットを引き止めるように声を上げるが、エリオットはオリビアを前に気が大きくなっているのか、勢いに任せて言葉を発している。

こうなってしまえば自分――ロザリンダがいくら違うと否定したところで意味がないだろう。

物語では納得できずに声を上げ続けたロザリンダは最後まで抵抗していた。そして娘の話を聞きもしなかったビビエナ公爵達から除籍される運命だが、今回は毒殺を企《くわだ》てた罪も加わっている。

(どうすればここから抜け出せるの……？　処刑されるなんて絶対に嫌よ)

ロザリンダは必死に考えを巡らせていた。

「それが嫌だったらこの国から出て行くんだな！　まぁ、お前にできるわけないだろうが」

エリオットのその言葉にロザリンダの肩がピクリと動いた。そして顔を上げてから口を開いた。

「かしこまりました。婚約の破棄、そして国外追放……エリオット殿下の指示に従いますわ」

「……!?」

「ですが、わたくしは無実です。それだけはよく覚えておいてくださいませ」

突然、ロザリンダが手のひらを返したように、婚約を破棄することと国外追放を受け入れたためか、エリオット達の目は点になる。ロザリンダは、バイオレットのレースが折り重なっているドレスの裾《すそ》を持ち、優雅にカーテシーをしてから扉へと向かった。

今のロザリンダにとって国外への追放は願ってもない処遇なのだ。ロザリンダはエリオットをきつく睨《にら》みつけてから背を向けた。

「待てっ、ロザリンダ……！」

再びエリオットの耳障《ざわ》りな声が会場に響く。無視しようかと思ったが、ロザリンダは笑みを張りつけたまま振り返る。

「………何か？」

「己の罪を認めるのだな！　失望したぞっ」

その言葉にロザリンダの眉がヒクリと動く。

少し前の出来事を思い出していただきたい。自分はやっていないと否定するロザリンダの声を跳《は》ね除《の》けたのはエリオットの方だ。胸ぐらを掴んで言ってやりたいことはたくさんあったが、今はこの国を出て行き、処刑を回避することが最優先事項だろう。

「わたくしは無実です。何度も否定いたしましたが、わたくしの言い分は全く聞いていただけないようなので」

「は……？」

エリオットの王太子らしからぬ反応にロザリンダは怒りが込み上げてくる。記憶を辿《たど》ればロザリンダはエリオットの尻拭《ぬぐ》いばかりしている。

(その間抜け面を引っ叩《ぱた》いてやりたいわ)

「もうよろしいでしょうか？　失礼いたしますわ」

「ま、待て……！　どこに行く気だ」

何故か先程とは一転してロザリンダを引き留めようとするエリオットの行動に溜息を吐いた。ロザリンダが冤罪であることに間違いはないのだが、今はそれを証明する術はない。逃げれば立場が悪くなるかもしれないが、もしこれが本当に自分の知っている物語の中ならば関係ない。

それにロザリンダは「自分は無実だ」と言いきったのだ。目撃者も十分だろう。このまま出て行った方が、エリオットやハリーの立場は悪くなるかもしれない。冤罪がわかった時にロザリンダがこの国にいなければ、同情はどちらに集まるのか、一目瞭然である。

それを隠蔽《いんぺい》されようと別に構わない。そもそもロザリンダがいようといまいとエリオットとオリビアは結ばれるのだから関係ないではないか。

（……さっさと国を出て行きましょう！）

これ以上、エリオットの顔を見ていたら暴言を吐いてしまいそうだ。それに不敬罪だ何だと言い掛《が》かりをつけられたら厄介だ。ロザリンダはその場で高いヒールの靴を脱いだ。

そして大きな扉に向かって一気に走り出す。バイオレットのドレスがヒラヒラと揺れて靡《なび》いていた。

ヒールの高い靴を置いて裸足《はだし》で駆け出したロザリンダに、会場は唖然《あぜん》として静まり返っていたが、ロザリンダは記憶を頼りに城の中を進んでいく。

（まずは着替えを手に入れなくちゃ……街でドレスは目立つわ）

狙いは動きやすい侍女の服だった。駆け回っているとタイミングよく洗濯物を運んでいる侍女を見つけたため、すぐに声を掛けた。

「そこのあなた！」

「はい、どうされましたか？」

「お仕事中に申し訳ないけれど、少しだけお時間よろしいかしら？」

「――ロ、ロザリンダ様!?」

髪やドレスが乱れて荒く息を吐き出しながら肩を揺らすロザリンダの姿に侍女は呆然としている。

本来ならばパーティーにいるはずのロザリンダが何故ここにいるのか……そんな視線を向けられながらも息を整えていた。

「汗をかいてしまって……着替えを貸していただけるかしら？」

「けれどロザリンダ様には替えのドレスが……」

「あら、ちょうどいいわ。その手に持っている服を貸してくれないかしら？」

「……え？　ですがこれは私たちの服で、もう捨てるものですよ？」

「これでいいわ。捨てる予定なら、ありがたくもらっていくわね」

ロザリンダは予備のドレスをたくさん城に持ち込んでいる。つまりわざわざ侍女の服など借りる必要はない。しかし再びドレスに着替えたところでなんの意味もないのだ。

(急いでここから出なくちゃいけないもの……！)

エリオットは馬鹿だがそばにいるハリーは頭が回る。ロザリンダの気高さや考えをよく知っているハリーならば、徹底的に抗議して城に残ると思っていたロザリンダのこの行動の意味がわからずに暫《しばら》くは動けないはずだ。ロザリンダならば徹底的に抗議して城に残ると思っているだろう。

ハリーの『城に留めて指示を仰《あお》いだ方がいい』というアドバイスをエリオットが素直に聞かなくてよかったと安堵していた。

（一時的に城で拘束されたら逃げられないもの。それに今回は除籍だけじゃ済まないかもしれない。味方がいない状態で処刑を回避することなんて不可能よ）

ロザリンダはそう考えながら戸惑う侍女に畳《たた》みかけるように頼み込む。

あまりのロザリンダの勢いに、怯えたように頷いた侍女は震える手でロザリンダに侍女服を渡す。

「ありがとう、助かったわ。代わりに城にあるわたくしのドレスを全て差し上げるわ！　あともう一つ、背中のホックと紐を外してくださらない？」

「え……!?　あっ、あの……」

「急いで。お願い」

「はい、わかりました！」

侍女にドレスの後ろのホックと紐を外してもらう。

「で、できました！」

「まぁ、ありがとう！　では、わたくしは急いでるから。オホホホ」

侍女を置いて、ロザリンダは着替えを持ったまま再び走り出す。はしたなかろうがマナーがなっていなかろうが関係なしだ。ロザリンダは今から貴族の令嬢ではなくなり、国を出て行くのだから。

そして衣装部屋に入り込んで素早くドレスを脱いでいく。今まで身に着けていたアクセサリーを袋に詰め込んで、歩きやすそうな靴を拝借する。くたびれた侍女の服に着替えてから部屋を出た。

城の外に出たロザリンダは、脳内にある城の地図を思い出しながら馬舎へと向かう。そして手綱を引いて馬を誘導した。今はパーティーのため、ほとんどの護衛が会場に集まっている。

裏門からこっそり外に出て、馬に乗り一気に駆け出していく。追っ手もなく城から抜け出せたことに安堵していた。

(……ロザリンダが頭のいい令嬢でよかったわ)

この世界の常識や街に何があるかなど、大体のことは知識として頭に入っていた。ロザリンダは馬から降りて身を隠すように人混みの中へ。ドレスよりマシだが城の侍女の格好は街では目立ってしまうようだ。

(せめて服を隠すローブを買えたらいいのに……)

しかし何かを買いたくてもパーティーからそのまま抜け出したため、今の所持金はゼロである。女一人で歩いていてもすぐに襲われないのはこの服のおかげだが、それも時間の問題だろう。

(質屋、質屋はどこかしら？　持ってきたアクセサリーを換金しないと)

ロザリンダが目的の店を探していると柄の悪い男達の視線を感じる。どうやら先を急いだ方がよさそうだ。

一定の距離を空けながらこちらの様子を窺《うかが》っている。

大きな宝石がはめこまれたアクセサリーを取られてしまえば、この国から出られない。

（クソ、しつこいわ……！）

金を工面したところで、外で待ち構えている男達に身ぐるみ剥《は》がされて捨てられるか奴隷として売られてしまう。武器も持っておらず、抗《あらが》う力もないため、捕まれば抵抗することはできない。

ロザリンダは早々に護衛を雇わなければならないと目的を変更して、男達の目を掻い潜りながら裏路地に移動する。

こういった路地には必ず、奴隷商人がいるのだと知識にあったため、馬を連れて入り組んだ路地を進んでいく。ツンと鼻につく腐敗した肉と脂の匂い。

（一歩外に出ればこの有り様……城では豪華なパーティーが開かれて貴族達は贅沢三昧《ざんまい》。どうなっているのよ、この国は）

ぐんぐんと奥に進んでいくと、闇の中にぼんやりとした光が浮かぶ。

「ヒヒッ、城の侍女様が何をお探しかな……お貴族様へのおすすめなら、たくさんあるぜぇ？」

歯の欠けた初老の男性が手をこすり合わせながらニヤニヤと笑っている。鎖の擦れる音が嫌でも耳に届く。

ロザリンダは平静を装いながらも、この状況に動揺を隠しきれない。

裏路地には皮と骨しかない子供や老人がそこら中に横たわっている。もう生きているか死んでいるかすらわからない。そんな子供達に手を差し伸べてあげることすらできないことが歯痒くて仕方ない。ロザリンダはグッと手のひらを握り込む。

拘束されている奴隷達には色々な種族の姿があった。あまりにも痛々しい姿に顔を背けたくなる。けれど、これからお尋ね者になるであろうロザリンダには、ここの奴隷達を救ってあげることすらできないのだ。

エリオットはどう考えていたのかは知らないが、ロザリンダはこの国の奴隷制度に心を痛めていた。他の国々はどんどんと奴隷制度を撤廃しているというのに、ラフィ王国だけはずっとこの制度が続いている。

(腐った貴族達の玩具、暇潰し……反吐が出るわ)

それに他種族を奴隷として無理やり連れてくるなんて、いつか他国から大きな恨みを買うに違いない。

「どんな用途だ？」

「……護衛が欲しいの。腕っ節が強い方はいるかしら？」

「てっきり愛玩用かと思ったが、護衛かぁ……」

「早くしてちょうだい、時間がないの」

ロザリンダは自分の命がかかっているため、人の心配をしている場合ではないと必死にいい聞かせていた。それに先程まで身に着けていたアクセサリーを質屋で金に変えなければ国を出るどころか、この先身動きできなくなってしまう。ロザリンダは体格のいい男性を見つけて指をさす。

「あの方は？」

「そうだなぁ……金貨十三枚といったところかねぇ」

奴隷商人の男性はそう言ってニヤリと唇を片方だけ歪《ゆが》めた。

「護衛用の奴隷は愛玩用と違って暴れるから仕入れが大変なんだよ。わかるだろう？　ヒヒッ」

ロザリンダが迷っていると思ったのだろう。男性は説明するようにそう続けた。

(その金額ならなんとかなりそうね)

ふと、拘束具でガチガチに固定されている金髪の子供が目に入る。先程の護衛用の体格のいい男性よりもキツイ拘束を見て、ロザリンダは眉を顰めた。

「あの端にいる子供は？」

「あれはここにいる中で一番安い護衛用の奴隷だ」

「護衛用……？　こんなに幼いのに」

「チビだが力も強くて凶暴だ。扱い辛くて敵《かな》わねぇ」

他の奴隷よりもボロボロで傷だらけだった。どうやら子供にも容赦がないらしい。それ以前に、とても護衛になるとは思えなかった。

「本当に護衛ができるの？」

「さぁな……保証はできねぇな。いくら痛めつけたって言うことを聞きやしない。こちらも手を焼いていましてねぇ。安くするぜ？」

「そう、わかったわ」

「どれにする？　さっさと決めてくれ」

「今、お金を持ってないの」

「……おい、冷やかしか？」

男性の声が低くなるのと同時に後ろに手を忍ばせる。恐らく、武器を手に取る気だろう。だがここは冷静に対処しなければならない。外に出た以上、誰にも守ってもらえないことはロザリンダの知識からわかっていた。

(見くびられたら終わりよ……強気でいきましょう)

ロザリンダは表情を変えぬまま、毅然とした態度で口を開いた。

「いいえ、違うわ。コレを見てちょうだい」

そういって奴隷商人に大きな宝石が埋め込まれた片耳のイヤリングを見せる。

「これと交換したいの。いかがかしら？」

「見せてくれ」

イヤリングを渡すと宝石が本物かどうかを確かめているのだろう。息を吹きかけたり、重さを確かめた後に男性は目を輝かせた。

「素晴らしい……！　ヒヒッ、こりゃあすげぇ上物だ。構わねぇよ」

ロザリンダはホッと息を吐き出した。ロザリンダがつけていた宝石はどれも最高級品でビビエナ公爵家の一員として恥ずかしくないようにとロザリンダに与えられたものだ。

（一か八かだったけど宝石に食いついてくれてよかった。助かったわ）

どうやらこの奴隷商人にとって、宝石でもお金と同じように扱ってくれるようだ。賭けではあったが無事に取り引きできて何よりだ。ここでお金に換金するのではなく、宝石のまま渡すのは少しもったいない気もするが致し方ない。

「いやぁ、つい興奮しちまった！　どれでも好きな奴隷を連れて行ってくれ」

「……そう、話のわかる方でよかったわ。あの男性でもいいの？」

「もちろんだ。それにしても我儘なお嬢様の御使いか？」

「余計な詮索は不要よ」

「おーおー……怖いねぇ」

チラリと先程の体格のいい男性を見た。確かに護衛をしてもらうには間違いなくこの男性を選んだ方がいいだろう。

しかし先程の子供が気になって仕方なかった。他の奴隷達と違って手当てをしなければ今にも死んでしまいそうだと思ったからだ。

（本当は強い人を雇いたい……！　でも、このまま放ってはおけないわ）

「やっぱり、あの子供をもらうわ」

「もったいねぇですよ……？　別にこちらは構いませんがね？　厄介者を高く買い取って貰えて喜

ばしいねぇ」

もう一度その奴隷を見た。暗闇に光る金色の瞳が鋭くロザリンダを睨《にら》みつけている。まるで手負の獣のようだ。

「もったいないと言うのなら、他に役に立ちそうな子はいないの？　二人でもいいでしょう？」

「別に構わねぇが、役に立つ子ねぇ……」

奴隷商人は灰色の髭を撫でながら、奴隷達を見渡して考えているようだった。その時、鋭い視線を送り続けている少年と似た容姿の少女がこちらを見ていることに気づく。

「この子は……？」

「ああ……思い出した。確かコイツらは双子だったか」

「……双子」

「こいつは愛玩用で顔はいいが……何の役に立ちませんよ？　口も聞けねぇし、何をやらせても上手くならねぇ」

そこには大きな目に涙を浮かべた少女がいた。金色の髪は肩程の長さで、体の線も細く、長めの前髪に隠れているがよく見ると息をのむほどの美少女である。

そして少女に話題が振られると、先程の少年は全力で暴れ出した。鎖で繋がれている壁がグラグラと揺れるほどの力だった。

（あの子は、この少女を守ろうとしているのかしら……）

よく見れば顔が似ている。やはり二人は双子の兄妹のようだ。少年の力の強さを見ていると、護衛として役に立ちそうではあるが、ロザリンダの言うことは聞いてくれるかはわからない。

どうするべきかと考え込んでいると奴隷商人は複雑な模様が描かれている腕輪をロザリンダの前に出した。

「まぁ……言うことを聞かない時は、この特別な腕輪に力を込めればいい」

奴隷商人が力を込めて腕輪を握ると、奴隷達が一斉に苦しみ出す。

「ヒヒッ、これは首輪から特殊な電撃を流すんだ」

「もうやめて！　わかったわ」

「こうしてやれば大抵の奴隷は動けなくなるぜぇ……首輪だけは外しちゃならねぇよ。ほら鍵だ」

ロザリンダは二人の双子とイヤリングを交換することに決めた。鍵を受け取り、残った奴隷達の縋るような視線に涙が溢れ出そうになるのを堪《こら》えていた。無力な自分が恨めしい。

（……この人達も、路地にいる人達も全て救えたらいいのに）

奴隷商人は「売れ残りが売れて最高の気分だ」と上機嫌で煙草を吹かしている。

ロザリンダは奴隷商人に背を向けて腐敗臭漂う路地裏を抜け出すために歩き出した。少年は自分の主導権がロザリンダに移ったと知った瞬間、憎しみの篭《こも》った瞳で睨《にら》みつけている。

少女の拘束は首と手首だけなのだが、問題は全身をガチガチに拘束された護衛用の少年の方だ。

（とりあえず話してみましょう……）

ロザリンダは大通りに出る前に、少女と少年の前に膝をつく。ガクガクと肩を震わせる少女と様子を窺っている少年になるべく優しい声で語りかける。

「今から拘束を解く。痛いことは何もしない。あなた達をこれ以上、苦しませるつもりはないわ……そう言っても信じられないわよね」

今のところは大人しくしてくれているが、拘束を外した瞬間にどうなってしまうのかは予測不能だった。本当は今すぐにでもこの子達を逃がしてあげたいが、ロザリンダが国外へ逃げ出すという目的を果たすために、協力してもらわなければならない。

「この国を出るために、宝石を売りに質屋に行きたいと思っているの。もしもあの男達がこちらに来たら追い払ってくれると嬉しいんだけど」

「…………」

返事はない。ロザリンダは小さな溜息を吐いてから、警戒する少年と怯えている少女を前に奴隷商人からもらった鍵で少女の手首の拘束と少年の全身の拘束を順々に解いていく。首の拘束具は残したままにした。

(信用できないのも当然よね……さっきまであんなにひどい目にあっていたんだもの)

「少しの間だけ……この国を出る間だけでいいから付き合って欲しいの。その間の生活や食事は全て面倒を見るわ。国外に出て目的地に着いたら、あとはあなた達の自由にしていいから」

「…………」

「それともこの国に残りたい？」

そう問いかけると少女が静かに首を横に振った。少年はまだロザリンダを警戒したままだ。

「あなたもこの子を守るついでだと思って守ってくれないかしら？　この国から出たいの。お願い」

これで少年が突然、ロザリンダを守ってくれるようになるとは思わないが、無理矢理従わせるよりはマシだろう。

「こんなやり方になってしまって本当にごめんなさい。これはあなたが持っていて……これ以上あなた達を苦しめたくないの。それだけはわかって」

そう言って奴隷商人に渡された特殊な電気が流れるという腕輪を少女に渡す。

拘束を解かれたことと腕輪を渡されたことに呆然としていた少年は、困惑しているようだ。こうなってくるとあの屈強な男を選ばなくて正解だったかもしれない。もし手の拘束具を外した瞬間に襲われたり逃げられたりしたら、ロザリンダは抵抗できないし追いかけることもできないからだ。

「首の拘束具の鍵は……ごめんなさい。私が持ってるわ。目的の場所に着いたら絶対に外すから。約束する」

精一杯の誠意を込めたとしても、すぐに信頼してもらうことはできないだろう。このまま逃げられてしまうかもしれない。そんな心配もあったが、幸いにも二人はロザリンダの元に留まる選択をしてくれたようだ。

「わたくしはロザ……わたしはローザよ」

「…………」

「今すぐに私を信用してとは言わないわ。大事なことだからもう一度言うけれど、目的の場所までちゃんと護衛をしてくれたら、あなた達は自由よ」

少女は少年とローザを交互に見ながら静かに頷いた。少年は視線を逸《そ》らしたままだ。

ローザは少女と少年に「行きましょう」と声を掛けて、そのまま質屋へと急いだ。

問題なく質屋に到着したローザは、粘り強く交渉して大金を手に入れることができた。そして質屋から出ると案の定、待ち構えていたかのように男達に囲まれてしまう。どうやらずっと目をつけられていたようだ。先程よりも人数が増えている。

「おーい、城に帰る前にオレたちと遊ぼうや？」

相手にしたら負けだと思い、無視をして何事もなかったように歩き出す。子供を連れているからか、馬鹿にするように笑い声を上げながら後をついてくる。ローザの心臓はうるさく音を立てていた。

当たり前だが周囲はガラの悪い男達に絡まれているローザを見ても知らないふりである。自警団らしき人物も見当たらないが、ここで騒ぎを起こしたくはない。

まだ人通りも多いため、金を奪うタイミングを狙っているのか、距離を保ちながら後ろをついてくる。

（……新しい服を買って着替えたかったけど、仕方ないわ。次の街まで我慢しましょう）

ローザは路上で護身用のナイフとローブを人数分購入した。そして二人に着せようとした時だった。

手を伸ばすと、少年に手を弾かれてしまう。自身や少女に触れることを拒んでいるようだ。やはり少女を守ろうとしているのだろう。そう考えると二人を同時に引き取って正解だったのかもしれない。

あんな扱いをされれば致し方ないだろうと思いつつも、ギロリと向けられ続ける鋭い視線を甘んじて受ける。今にも噛みつかれてしまいそうだ。

仕方なく「これを着て」とローブを手渡しする。少女が何かを訴えかけるように視線を向けると、少年は渋々ローブを羽織った。

ローザは二人に馬に乗るように促してから露店に寄って荷物を入れる袋や食料を調達する。そして馬に乗っている二人にパンを渡した。

ロザリンダもお腹が空いていたのもあったが、二人のガリガリの体を見ていると心が痛んだ。

ローザはソーセージが挟まっているパンを歩きながら頬張っていた。食べ終わって後ろを振り向くと、驚くことに二人共パンに手をつけていない。

「食べないの……？」

「……」

「あの店で買ったのを見ていたでしょう？　それに私も食べたし、毒は入ってないわ。食べていいのよ？」

「……っ」

少女はその言葉を聞いて、瞳に涙を浮かべながらパンにかぶりついた。だが、少年は絶対に手をつけようとはしない。これ以上は何を言っても無駄だろうと、あえて何も話しかけずに前を向いた。

（あとはこの子達と共に、無事に街から出られたらいいんだけど……）

追いかけてくる男達はローザが城に帰らないとわかると、どんどんと距離を詰めてくる。夜になる前に街を出なければならないと思い、ローザは覚悟を決めて二人に伝える。

「……あの男達にバレないように一気に街から出るからね」

切羽詰まった様子が伝わったのか少女は小さく頷いた。二人が馬にしがみついたのを確認してから、ローザも馬に乗り込むと城と逆方向に一気に走り出した。

「次の街まで突っ走るわよ！　しっかり掴まっててっ」

街の外は無法地帯だ。ルールはなく奪ったものが勝つ。誰がどこで野垂れ死んでようが関係ない。本当は朝になるまで街の宿で過ごしたかったが、城から一番近いこの街に留まるのは危険だろう。

急に馬を走らせることで、このまま振り払えたらと思っていたが、待ち伏せされるような形で馬に乗った男達が前からやって来て道を塞がれてしまう。やはり他にも仲間がいたようだ。

「お嬢ちゃんは城に帰らずに一体どこに行くんだ？」

「城とは逆方向だぜ。道に迷っちまったかぁ？　それとも盗人か？　それなら仲良くしようぜ」

「オレ達がいいところに連れて行ってやるよ」

「これ以上、私に近づかないで……！」

「子供の奴隷なんか買って、おままごとでもするつもりかよ！　ハハッ」

前に気を取られていると、後ろから服を掴まれ馬から引き摺り下ろされる。そして背後から抱き込まれるような形で拘束されてしまう。

「――離してっ！」

「おい、その女は絶対に傷つけんなよ。顔がいいから、かなりいい値段で売れるぞ！」

「この汚いガキ達はどうする？」

「どう見たってガキ達は高く売れねぇだろう？　状態が悪過ぎる。女のガキは使い道があるが、男のガキはどうもなぁ……」

男達が二人を馬から乱暴に叩き落とす。それを見たローザは咄嗟に男の腕に思いきり噛みついた。そして腕から抜け出した後に二人を奪い返して守るように背後に隠す。

それを見た少女達が目を見開いているとも知らず、先程買った護衛用のナイフを向ける。

「――痛っ！　テメェ、このアマッ！」

「この子達に触らないで！」

「……⁉」

この人数相手に力で敵《かな》わないことはわかっていた。やはり現実は漫画のような展開にはならないらしい。絶体絶命の大ピンチにローザは唇を噛んだ。

(こんなところで捕まりたくない。でも……っ)

なんとか逃げる方法がないか模索していた。護衛として雇ったことすら忘れて、ローザは無意識に二人を守ろうと必死だった。

(どうすればいいの。どうすれば逃げられるか考えないと……！)

ローザの武器は街で買った護衛用のナイフ一本だけだ。震える手でナイフを振り翳《かざ》すも、すぐに手首を掴まれてしまう。為す術もなく、もうダメだと目を閉じた時だった。

突然、バチンという大きな音と共にローザの背後にいた男が重たい音と共に倒れ込む。その体はピクピクと痙攣しており、意識を失っているようだ。

「………え？」

一瞬、何が起きたかわからなかった。けれど重い音と共にどこからか小さな雷が落ちる。ローザは眩しさに目を細めた。

「——ギャアアアア」

「うわぁあっ……！」

悲鳴と共に黒焦げになった男達が目の前に横たわっている。

(……な、何が起こったの？)

ローザは何度かパチパチと瞬きをしながらも、二人が無事なのかを確かめるために後ろを振り向いた。

すると少年が手を前に伸ばして、肩を大きく揺らしていることに気づく。

不安そうに眉を顰める少女は、心配そうに少年の服を掴んでいる。ローザは少年が何らかの力を使って守ってくれたのだと、すぐに理解することができた。

「ありがとう……助けてくれて」

ローザがお礼を言った瞬間、少年が咳き込むのと同時に吐血してしまう。膝をついた少年はそのまま倒れ込んだ。

「——大丈夫⁉　しっかりして！」

ローザがぐったりとした少年を抱えようと手を伸ばすと、少女が警戒するように少年を抱き寄せる。大きな瞳には涙が浮かんでいて、まるで触ったらダメだと言われているようだ。

ローザは戸惑いつつも馬の上を指さして「移動しましょう！」「次の街で手当てしたい」と身振り手振りを交えて必死に訴えかける。

このままここにいても状況は変わらないし、また襲われてしまうかもしれない。ローザの気持ちが伝わったのか、少女はゆっくりと少年から手を離す。

恐らく二人とも同時に引き取っていなければ、この男達同様にローザも少年の力によって黒焦げになっていたかもしれない。とりあえず二人のおかげで危機を乗り超えることができたようだ。

（……私がしっかりしなくちゃ）

もしかすると少年が力を使うとなんらかの代償があるのかもしれないと考えながら、再び二人を馬に乗せて先を急いだ。

新しい街に着く頃には、夜になっていた。ぐったりとして具合の悪そうな少年を診てもらうためにローザは診療所の扉を叩く。

なんとか医師に診察してもらうが、少年が何故血を吐いたのか原因は結局わからないままだった。栄養失調、打ち身、切り傷、火傷……普通ならば死んでいてもおかしくないと医師は語った。

薬をもらうと、お金を払ってその場を後にする。余計な詮索をされることはなかったが、ローザに向けられた軽蔑するような視線。きっと医師にとってローザは子供を無理矢理従わせる悪人に見えているに違いない。

少年に再びローブを被せてから、閉店間際だった服屋、薬屋、露店で食べ物を買って宿に向かった。

怪訝そうな顔をしていた宿屋の店主も金貨をちらつかせれば、すぐに部屋に案内してくれた。

ローザは部屋に入り鍵をかけた後にホッと胸を撫で下ろす。

宿に到着するまでに何度も絡まれたが、ナイフを使って無事にここまで辿《たど》り着くことができたのは幸運だったのかもしれない。

再び少年が力を使うことがないように知恵を絞りながらうまく動いたつもりだが、この短時間に何度も命の危機を迎えるとは思わなかった。

今までの出来事を思い出すとガクガクと足が震えてしまう。ローザはその場に座り込んだ。

あの後、少年は少女の不思議な力により意識を取り戻した。

（綺麗な光……これって魔法なのかしら？）

ローザは初めて間近で見る魔法に目が釘付けになる。金色の光が体に吸い込まれると少年は先程よりも元気になったような気がした。しかし今度は少女も具合が悪くなってしまう。

（やっぱり、この子達が魔法を使うと何かの代償があるのね。でもそんな話、聞いたことないわ）

この世界で魔法が使える種族は限られている。

魔法と聞いてパッと思いつくのはエルフに妖精族だ。彼らは人族がいない場所に住んでおり、滅多に姿を見ることができない。

それから、幻の種族である天族と、謎が多く恐れられている魔族が、主に知識としてある魔法を使える種族だった。

しかし二人の見た目はどの種族にも当てはまることなく、普通の人間の子供のように見えた。エルフのように耳が長いわけでもなく、妖精族みたいに体が小さいわけでもない。

天族は背中に白い羽が生えていて天界から降りてこないため、可能性としては低いだろう。魔族は悪魔のような角や尻尾が特徴的で魔界に住んでいると聞いたことがある。この二つの種族は人間に擬態していることもあるらしいが、謎が多いため詳細は不明。

魔法が使える種族はとても珍しく、どの種族にも直接会ったことはない。人間に利用されることを恐れて隠れていると聞いたことがある。

それに奴隷商人は、この二人が魔法を使えることに気づいていなかったようだ。もし使えることがわかっていたら、もっと値段が跳ね上がっていたはずだ。

ローザはローブを取り去って大量の荷物を床に置いた。ローザが荷物を漁って必要なものを取り出していると、部屋の隅に体を寄せ合うようにして寄り添っている二人と目が合う。

安心感から気が抜けたのか、ローザはヘラリと笑った。

「これで一安心ね。新しい服に着替える前に体を綺麗にしましょうか」

「…………」

「その前に名前を教えてくれる？　なんて呼べばいいのかわからなくて……」

じっとりとした視線を感じるものの、答える様子はない。

やはりまだまだ二人が心を開いてくれるまでには時間が掛かりそうだ。

(確か、女の子は喋れないって言っていたかしら……可哀想に)

買った服を取り出して二人に渡そうとした時だった。

『……僕は、エデン』

「え……？」

直接、頭の中に響く声。ローザはバッと振り向いてから少女を見た。

『ローザ、僕たちのために色々とありがとう』

やはりエデンの唇は動いていない。それなのにローザに声は届いている。

「エ、デン……？」

『僕は今、声を出すことができないから、こうして話すしかないんだ』

悲しそうに目を伏せているエデンを見て、ローザは胸が締め付けられるように苦しくなった。奴隷商人に捕まり、ひどい目にあったから声が出なくなってしまったのだと思ったからだ。それに話しかけてくれたということは、少しはローザを信用してくれたのかもしれない。そう思うとローザの気持ちがパッと明るくなった。

『僕の隣にいるのが、兄のアダンだよ』

どうやらアダンにもエデンの声は聞こえているようだ。エデンが名を教えてくれたのと同時に、ローザをギロリと睨《にら》みつけている。

「アダン、エデン。私についてきてくれて、守ってくれて本当にありがとう」

『こちらこそだよ。僕達はローザと巡り会うことができて本当に運がよかった』

そう話している間も、アダンは一定の距離を保ったまま、絶対にローザに近づこうとはしない。

『アダンは……僕を守るためにたくさん怪我をしたんだ』

「……そう。なら、怪我を手当しましょう。塗り薬や包帯も買ったし、お医者さんから色々と飲み薬ももらったから、すぐによくなるわ」

『うん！』

エデンはその言葉に嬉しそうに頷いた。

「でもまずは体を綺麗にしなくちゃね」

『わかった』

「アダンもね」

「………」

大きな桶に水を溜めて布を用意する。入浴できないのは残念だが、今は体の汚れや汗を落としたい。アダンもエデンも全身がかなり汚れている。

子供だから問題ないだろうと、アダンとエデンの前で服を脱ごうとした時だった。

『ロ、ローザ……ストップ！　ストップッ』

「エデン、どうしたの？」

エデンはブンブンと千切れるほどに首と手を横に振って叫んでいた。アダンもずっとローザを睨《にら》んでいたのに今は静かに顔を背けている。

「どうしたの？　エデンも早く脱いだ方がいいわ。石鹸を買ったし、髪も洗えるわよ？」

『一緒は無理だよ……！　ぼ、僕達男だよ？　ローザが体を綺麗にしている間、向こうの部屋にいるからまだ脱がないで』

「…………え？　男って、誰が？」

『僕達だけど……』

「アダンが？」

『アダンも僕も男だよっ』

「エデンが、男……!?」

エデンの言葉の意味がわからずに首を傾げていたが、ずっと女の子だと信じて疑わなかったエデンが男の子だったということが判明して、続く言葉を失う。

ローザが呆然としていると『僕達はあとで二人でやるから！』と、扉の外に行ってしまった。

確かにエデンは自分のことを〝僕〟と言っていた。しかし髪も長いし、目も大きくてどこから見ても女の子にしか見えない。それに奴隷商人も少女と言っていたため、ローザは女の子として認識していた。

（……こんなに可愛い男の子っているの？）

ローザは複雑な気持ちになりながら服を脱ぎ考えていた。

目つきが鋭くツーンとして懐いてくれない猫のようなアダン。柔らかい雰囲気で女の子のように可愛いエデン。二人のタイプは全く違うような気がした。

髪と全身を洗い、布で体を拭《ふ》き終わったローザは、侍女服から新しく買った服に着替える。二人を呼んで体を綺麗にしてもらい、服を渡すために手を伸ばしたのだが、そこでローザはエデンに謝らなければならないことがあると気づく。

「これ二人の着替えなんだけど、エデンの服は女の子のワンピースを買ってしまったの」

『……⁉』

「ごめんなさい。エデンは髪も長いし、ずっと女の子だと思っていたから……」

着替え終わったエデンはウルウルと瞳を潤ませながらワンピースの裾《すそ》を掴んでいる。アダンがエデンを励ますように肩に手を置いた。ずっしりと重くのしかかる罪悪感がローザを襲う。

「す、すぐに買いに行ってくるわ！」と言うと、エデンは気を遣ってくれたのか静かに首を横に振る。

ローザは二人をソファに座るように促してから「あなた達はどこからきたの？」と問いかける。二人は目を合わせた後に、エデンが申し訳なさそうに『言えない』と言った。ローザも訳ありなため深入りすることはない。暗い空気を切り替えるように「まずは手当てをしましょう」と言って立ち上がった。診療所でもらった傷薬をエデンの体に塗り込んで、震える指でガーゼを貼っていく。

『……っ！』

「ごめんなさいっ！　痛かった？」

『大丈夫……ありがとう』

エデンの手当てが終わり、次はアダンに声を掛ける。

「次はアダンの番よ。傷を手当てしましょう」

「…………」

「このままだとよくないわ！　飲み薬も飲まないと……」

『アダン！』

エデンよりもアダンの方が深い傷を負っている。目に見える範囲でも相当、痛めつけられたことがわかる。手当てしようと恐る恐る手を伸ばすと、アダンに思いきり手を叩かれてしまった。ローザが持っていた傷薬が入った瓶がコロコロと床に転がる。

『アダン……！　折角、ローザが手当てしてくれようとしているのにっ』

「俺に触るな！」

『ごめんなさい、ローザ』

「いいのよ、エデン」

アダンは顔を背《そむ》けている。首に見える痛々しい傷と拘束具。その鍵を握っているのはローザだ。

(優しいフリをして、私だってアダンとエデンを苦しめている)

自分の目的のためにアダンとエデンを利用している……そう思うとローザは胸が苦しくなった。

次の日、ローザは宿を出て周囲をよく観察し、対策を練りながら街から街へと移動していた。王都もひどかったが城から離れていけばいくほどに街の状況はどんどんと悪化していく。

貧困、病気、飢餓……ラフィ王国の現状は、ロザリンダの記憶にある知識よりもずっと深刻だった。

この景色を見ていると、自分達だけ幸せに生きていければいい、そんな貴族や王族達の考えが透けて見えるような気がした。

それからのローザはただ生き抜くために必死だった。なるべく朝早くから動いて陽が沈んだら宿に入る。移動する時は薄汚れたローブを羽織り、金がないように見せる。しかし女子供という理由で昼間であっても盗賊、悪漢に襲われることが多々あった。

自分で対応できる範囲は護衛用のナイフで対処していたが、大人数の時はアダンが魔法を使って追い払ってくれた。また以前のように吐血するかもしれないとローザが布を持ってオロオロしていると、エデンが『この間は人数が多かったし、弱っていたから。今は大丈夫だよ』と教えてくれた。

どうやら無理なく力を使えば、アダンの体を傷つけることはないらしい。目の前にバタバタと倒れていく男達は黒焦げで気絶している。魔法の偉大さに感謝しつつ、次の道へと進んでいった。

街から街へと地道に移動して行くと次第に増えていく荷物。

毎日、肩がバキバキに凝り固まっている。馬での移動は目立ってしまうと気づいたため、早々に教会に寄付をする。

そんなある日のこと、無理が祟ったのかローザは高熱を出して体調を崩してしまう。二人に迷惑を掛けられないと立ち上がるも足に力が入らない。

最後の力を振り絞り、なんとか宿まで辿《たど》り着いたものの、すぐにベッドに倒れ込んだ。早く隣国に行かなければ、二人を解放してあげることはできない。急いでいたのに、こんな所で足止めされるとは思わずに落ち込んでいた。

やはり今まで貴族として暮らしていたローザにとって、過酷な環境で過ごすことは負担になっていたのだろう。体の痛みはどんどんと増していく。

(今度から風邪薬も常備しておかないと……まさかこんなことになるなんて)

少しでも早く回復するために薬や飲みものが欲しいが、こんな夜中に幼い二人だけで買いに行かせることはできない。そもそもこの街に薬屋があるかすらどうかすらわからない。

そんな中、アダンとエデンに頼むのは気が引けた。再び襲われたら、二人がいなくなってしまったら……そう考えると怖くなる。

ローザにとってアダンとエデンはいつのまにか心の支えになっていた。

(きっと一晩休めば大丈夫、元気になるわ。疲れが溜まっていただけよ)

そう言い聞かせてみるものの、体の重さは増していく。何より関節が痛くて体が言うことをきかなかった。汗が滲《にじ》んでいるのに寒くて堪《たま》らない。シーツを掴んで掛けることすらできずにローザが丸まっていると、見兼ねたエデンが手を貸してくれた。

「あ、りがと……」

『ローザ、無理しちゃダメだよ』

ぼやけた視界に映る二人の姿。今日、この街に着くまで、ろくに食事をとっていないことを思い出す。

「エ、デン……アダン、宿の人にご飯、たのんで……たべてね」

「………」

『ローザ、僕達のことはいいから休んで』

「たべて……おね、がい」

いつも肌身離さず持っているカバンをエデンに渡そうと震える手を伸ばす。

「……ア、ダン……エデン、ごめん、なさい」

『どうして、ローザが謝るの？』

「ほん、とは……早く、解放……してあげたいのに」

「………！」

『……ローザ』

「ごめん、ね……」

熱に浮かされながらローザは謝罪を繰り返していた。そこで意識がフッと途切れる。

エデンはローザから渡された鞄をテーブルに置いて、ローザの汗ばんだ額に張りついた髪を撫でる。そしてローザの束ねていた髪紐を解くとチェリーレッドの髪が白いシーツに散らばった。

『ローザ、僕達のために無理していたんだね。本当にこの国から出たら僕達を解放するつもりなのかな』

「……エデン、人間を絶対に信用するな。俺達があの場所でどんな目にあったのか忘れたのか？」

『忘れてないよ……でも僕達が知らないだけで、ラフィ王国にはローザみたいな優しい人がいたかもしれないよ？』

「コイツは、俺達の力を利用しているだけだ」

『確かにそうかもしれないけど、じゃあ僕は？　ローザは僕の力を詳しくは知らない。今のところ何の役にも立ってない』

「………………」

『それでもローザは僕を邪険にしたりしない。嫌な顔一つせずに優しくしてくれる。ご飯だって僕達にたくさん食べさせてくれたし、それに新しい服も買ってくれた。高価な薬だって、アダンを心配して用意してくれたんだよ？』

「人間は信用できない」

『でもっ、ローザは首の拘束具を見る度にすごく悲しそうな顔をしているんだ。それに僕達を奴隷として扱ってはいない。まるで……』

「――やめろ、エデン！　俺達の目的を忘れるな。この人間を利用して力を取り戻す」

『……アダン』

呟き込むローザの胸は苦しそうに上下していた。額には大粒の汗が滲《にじ》んで、苦しそうに唸《うな》っている。そんな姿を見てエデンは大きく頷いた。

『アダン……僕、ローザのために力を使うよ』

「エデン、俺達はっ……！」

『わかってる。でも僕達をあそこから救い出してくれたのはローザだけだった。普通なら絶対に僕達を選んだりしない。でも、ローザは選んでくれた。二人一緒に連れ出してくれたじゃないか』

「……！」

『でなければ、僕達は役目を果たせないまま消えていたかもしれない。どんな形であれ、僕はローザと出会えてよかったと思ってるよ』

「……」

『アダンだって、本当はわかってるんでしょう？　意地を張っていたって僕にはわかる』

エデンは唇を噛んで俯くアダンの手を握って目を瞑る。

人間を許せない、憎いという気持ちは自分達の中に根深く残っている。今までどんな目にあってきたのかを考えれば当然だろう。

しかし、いくら否定したとしてもローザは自分達に対して誠実だった。拒絶しようとも、何もできなかったとしても、ローザはアダンとエデンに対して家族のように接してくれた。

「だが、エデンの力がバレたらどうなるかわかっているのか⁉」

『ローザはもう知ってるよ。詳しくはわからないと思うけど、力を使っているところを見られたから』

「は……？」

『ローザと初めて出会った日、アダンが無理をし過ぎて危ない状態だったからローザの前で力を使ったんだ』

「どうしてそんなことを⁉」

『アダンが心配だったんだ。このまま目が覚めなかったらと思うと怖くて……』

「それでも人間の前で力を使うべきじゃないだろうっ！　また囚われて今度は死ぬまで力を使わせられるかもしれないぞ？」

『でもローザは今日まで何も言わなかったよ？　今だって相当苦しいはずなのに、僕の力を頼ったりしなかった。それになるべくアダンの力を使わないように動いてくれているじゃないか』

「……っ！」

本当はアダンも理解しているのだろう。それでも人間だからと憎もうとしているように思えた。

エデンはローザの頬に手のひらを置いた。

『ひどい熱だ。人間はとても体が弱いんでしょう？　もしローザが死んじゃったら僕は嫌だ。悲しいよ』

「エデン……お前」

アダンは複雑そうな顔をしてエデンを見ていた後に小さく溜息を吐いた。

「………わかった。ただし絶対に無理だけはするなよ」

『わかってるよ。アダンは心配性だな』

ローザの胸にそっと手を当てる。手のひらから温かな光が胸元に次々と吸い込まれていった。

『ローザ、早くよくなって……！』

＊　＊　＊

――目を開くと幼いロザリンダの姿が目の前にあった。

「ロザリンダ、必ず王妃になれ。でなければお前に価値はない」

「……はい、お父様」

「わたくし達を裏切るような真似はしないでちょうだい。あなたは黙ってわたくし達の言うことを聞いていればいいのよ」

「はい……お母様」

「いい子ね、ロザリンダ」

「必ず成し遂げろ」

映画のワンシーンのように流れてくるのはロザリンダが幼い頃の記憶だった。ビビエナ公爵と夫人の声が頭の中に響き渡る。

そして場面は、少し成長したロザリンダと顔を真っ赤にしたビビエナ公爵を映していた。エリオットと婚約したロザリンダだったが、エリオットは他の令嬢とパーティーを過ごしていた。ビビエナ公爵はそれを全てロザリンダのせいにしたのだ。

「何故こんな扱いを受けている？　ビビエナ公爵家の者として許されることではない。どう振る舞えばいいのか、わかっているだろう？」

「お父様、わたくしの話を聞いてくださいませ！」

ビビエナ公爵はロザリンダの頬を思いきり叩いた。あまりの勢いに小さな体は投げ出されてしまう。

「きゃ……！」

「口答えをするなっ！　弱い部分を絶対に見せてはならない。誰が何を言おうと関係ない。婚約者の座は、王妃の座だけは絶対に渡すな！」

「……で、ですがあれはエリオット殿下が」

「黙れ！」

理不尽な父の言葉にロザリンダは涙を堪えながら唇を噛んだ。息ができなくなるような苦しみがロザリンダを襲う。

（ひどいわ。こんなの見ていられない！）

そしてまた場面が切り替わる。

今度はエリオットが、ロザリンダに対して鬱陶《うっとう》しいと言いたげに手を払っている。エリオットがオリビアに惚れ込んで、その振る舞いに我慢できなくなったロザリンダが注意をしたのだ。エリオットは怒鳴るように反論している。

「いい加減にしろ、ロザリンダ……！　俺はお前を愛したりはしない。この婚約は形だけのものだ」

「わたくしは、わたくしのやり方で王家を支えていくだけです」

「ならば何故オリビアを責めるのだ。今更嫉妬か……？」

「何を仰《おっしゃ》っているのか意味がわかりませんわ」

「ふん……知らないフリをしても無駄だぞ」

（間違いない……！　この辺りから少しずつ原作と違っている）

切り替わる場面。ロザリンダのいない場所で二人きりで話しているエリオットとオリビア。

「たぶんロザリンダ様が全部やったんだわ……エリオット様、私とても怖くて」

「大丈夫だ、必ず俺が守ってやる。こんな気持ちになったのは初めてだ。愛している、オリビア」

「嬉しいです！　私もエリオット様のおそばにいられたらいいのに……でもロザリンダ様がいるから無理ですよね？」

「っ、あの女さえいなければ……！」


（こうやって少しずつロザリンダに罪を被せていたのね）


そして、今の意識が入り込む直前に至る。

「――ロザリンダ・ビビエナ、貴様との婚約を破棄する！」

苦痛、悲しみ、絶望……。ロザリンダの心に影が落ちる。息ができなくなってしまいそうな閉塞感に目の前が真っ暗に染まった。


「――ッ⁉」

ローザは飛び上がるように体を起こした後、酸素を求めて思いきり息を吸い込んだ。心臓がバクバクと音を立てていて、飛び出してしまいそうだった。

「はぁ、はぁ……っ！」

ふと、震える手のひらを見ていた。視界がぐにゃりと歪《ゆが》んだと思いきや、頬に次々と涙が伝っていく。胸の奥が抉られるような痛みがまだ残っているような気がした。

（熱のせいかしら。悪夢……じゃなくて、これがロザリンダが味わってきた悲しい現実なのね）

次々と流れ込んできた記憶は、ロザリンダの中で深く傷を残してきたものだろう。

だが物語と違う展開だったことを改めて思い出させるかのような、何かを必死に訴えかけるような……そんな見せ方だった。その中で最も気になるのはオリビアの行動だ。

オリビアが原作と全く違う行動を取ったことをきっかけに物語は違う方向へと歩み出した。ロザリンダが断罪された時もそうだが、全てをロザリンダのせいにしていた。

まるでこの段階で急いでロザリンダを排除したい、そう思っているようだった。オリビアの何かが違う……自分が確実に王妃になるために、エリオットの心を完全に掌握してロザリンダを貶《おとし》めようとしたのだろうか。それとも他に何か目的があって動いていたのだろうか。物語を知っているのか、いないのか……それすらもわからない。

（……証拠はないけど、彼女の影響が大きいのは確かね）

今回、ロザリンダがラフィ王国から姿を消したことで、オリビアはエリオットと彼の婚約者の座を手に入れた。エリオットもオリビアも邪魔者が消えて満足だろう。

（処刑なんかしなくても、どうせどこかで野垂《のた》れ死んでるとでも思われているでしょうね）

それに王妃になれずに恥を晒した娘をビビエナ公爵達がどうするのかは大体想像がつく。どう考えたってロザリンダを庇《かば》うようには思えない。ロザリンダがいなくなっても、公爵家には優秀な兄がいるので何も問題はない。

（……ラフィ王国とロザリンダはもう関係ないわ）

ローザは重たい溜息を吐き出した。辺りは薄暗くまだ夜が明けていないようだ。

そんな時、ローザは自分の体のある違和感に気づく。

「え……？」

あんなに重かった身体や痛くてたまらなかった関節が軽くなっていた。それに倦怠感や吐き気まで消えている。自分の額に手を当ててみても、やはり熱はないようだ。

（薬も飲んでいないのに……不思議だわ）

ベッドから出ようとすると、エデンがローザの足元に丸くなって眠っている。起こさないようにそっと足を下ろすと、椅子に座り壁に寄り掛かるように寝ているアダンの姿が目に入る。

テーブルの上には空っぽの容器が二つと、まだ手づかずの食事が一つ。

（もしかして私の分まで、もらってきてくれたの……？）

朦朧とする意識の中、「宿の人に頼んでご飯を食べて」と言ったことまでは何となく覚えてはいるが、まさか自分達の分だけでなく、ローザの分まで用意してくれるとは思いもしなかった。

「ありがとう……アダン、エデン」

先程の夢のせいで弱っていた心はすぐに温かくなる。エデンの頭を優しく撫でてからシーツを掛けた。

そして立ち上がってから気合いを入れるために腕をぐるぐると回し、全身をストレッチするように動かした。次からは急ぐことも大切だが、自分の体調にも気を配らなければならない。

「もっと、しっかりしなくちゃ……！」

汗をたくさんかいたせいか、服がベトベトと張りついて気持ち悪い。体を綺麗にしようと立ち上がり着替えと布を探す。

扉を開けて桶に水が溜まっている洗面所のような部屋へと向かう。王都から離れる度にどんどんと設備も乏しくなっていく。

(湯船とお湯が恋しいわ)

エデンとアダンを起こさないように、ローザはひっそりと移動した。

——パタン
扉が閉まった後、バシャバシャという水音が耳に届く。暗闇の中で金色の瞳が光る。
『よかった。ローザ、元気になったみたい』
「エデンが力を使ったんだ。当たり前だろう？　それよりも体調はどうだ？」

『少しダルいけど。大丈夫、影響はないよ。朝にはよくなると思う』

「ならいい……本当に不便な体だ」

『けれど兄さんや姉さん達もやってきたことだよ？　確かにこの方法だと人間を身近に感じざるを得ないね』

「…………」

『ねぇアダン……ローザが国から出た後、僕達はどうするの？』

エデンは体を持ち上げて伸びをする。二人はラフィ王国でまだやることが残っていた。

「体力が回復して、もう少し力を蓄えないと駄目だ」

『ねぇ、もしかしてローザの近くにいたら……』

「やめろ、エデン」

『僕はローザのそばがいいと思う。ローザと一緒にいることで力も戻ってるんだ。これがローザを信頼できる何よりの証拠だよ。本当はアダンもそう思ってるんでしょう？』

「…………」

『本当はアダンもそう思ってるんでしょう？』

「……思わない」

『アダンは本当に素直じゃないんだから』

「…………」

その後、隣の部屋からは何度もパンパンッと肌を叩くような音が聞こえてくる。

「何やってんだ、アイツ……」

『……自分を叩いてるのかな？　さっきも腕をグルグルと回していたし』

「何故だ」

『わかんない。でもさっき〝しっかりしなくちゃ〟って言っていたから〝頑張ろう〟って気持ちになっているんじゃないかな？　ローザは本当に面白いね』

「………………」

「アダン？」

「ふっ……」

『もしかしてアダン、笑ってる？』

「……っ、もう眠れ。エデン」

『ふふっ、そうするよ。おやすみ……アダン』

「おやすみ」


　そんな会話があったとも知らずにローザは真っ赤に腫れた頬を押さえながら部屋へと戻った。アダンとエデンは先程と同じ格好で眠っている。体力をつけるためには食べなければと、ローザは食事をしてからベッドに潜った。

翌朝、ローザの体はすっかりと元通りになっていた。

（不思議ね……もっと長引くと思っていたのに）

体を綺麗にした際に気合いを入れて叩き過ぎたのか、頬が赤くなって腫れていた。昨晩のことを二人に謝ってからご飯のお礼を言うと、何故かアダンはローザの顔を見た後に目を合わせてくれなくなった。

肩がフルフルと小さく震えているのを見て、怒っているのかと思ったが、エデン曰く『気にしなくていいよ』だそうだ。アダンがローザの腫れた頬を見て笑っているとも気づかずに宿から出て、一番重たい荷物を肩に背負って立ち上がると、フラリとよろめいてしまう。

あとは手で持つ荷物がいくつかあるのだが、これから飲み水の重さも追加されると思うと憂鬱である。

すると、アダンがローザの目の前に立ち塞がるようにして立っている。

「アダン、どうしたの？」

問いかけても、アダンは難しい顔をしたまま動かない。そして静かにローザに向かって手を伸ばしている。

（お小遣いが欲しいのかしら。それとも握手とか？）

いくら考えてもその行動の意味がわからずにローザが首を傾げていると……

「寄越せ」

「え……？」

「………チッ」

舌打ちをしながら苛立っているアダンに戸惑っていると、見兼ねたエデンが声を掛ける。

『アダンはローザの荷物を持ちたいみたいだよ？』

「荷物を……？」

「早くしろ」

左手に持っていた一番軽い荷物を渡そうとすると、後ろに回ったアダンは背中の一番重い荷物を取ろうと引っ張っている。

「あたたっ……！　待って、アダン。これは一番重い荷物だから」

「いいから寄越せ」

強い力で引かれて倒れそうになり、ローザはバランスをとろうと、わたわたと腕を動かしていた。

『アダン！　ローザに乱暴しないで。ダメだよっ』

エデンがアダンを止めてくれたおかげで、ローザは尻餅をつかずに済んだ。

『アダンは力があるから重たい荷物を持つよ。僕は軽い荷物を手伝うね』

「でも……」

『大丈夫だよ、ローザ。僕達も手伝いたいんだ』

「……！　ありがとう。なら、お願いするわ」

その言葉にニコリと微笑んだエデンは、随分と心を許してくれているような気がした。未だにアダンは「触るな」「うるさい」くらいしか声を聞いたことはなかったが、荷物を自分から持つと言ってくれたのには驚いた。

二人に感謝しながらも明るい太陽の元を歩き出す。

重たい荷物を持っているアダンが疲れないか心配になり、ローザが「交代するわ」と声を掛けてばかりいると「うるさい」と言われてしまった。

(子供なのに大丈夫かしら……なにかの魔法を使っているとか？　無理をしてないといいけど)

そんな心配をよそに、アダンは重い荷物を持っていても顔色一つ変えずにローザの前をスタスタと歩いている。ローザは慌ててアダンの後をついていく。

今日も地図を見ながら長い距離を歩いていくと遠くに街が見えた。

「今日はたくさん歩いたわね……！」

『街までもう少しかな』

「アダン……だいじ」

「うるさい」

大丈夫かと何度も問いかけていたせいで、アダンは鬱陶《うっとう》しそうにしている。

『ローザはアダンが心配なんだね』

「えぇ、あなた達に無理はさせたくないの」

『ありがとう……ローザ』

エデンは穏やかな笑顔を向けてくれた。明るくて可愛らしいエデンはこの旅で癒しだった。今日、ローザとエデンはお揃いの髪型にしている。アダンとエデンに荷物を持ってもらったこともあり足取りは軽い。

そんな中、食事ができそうな店を見つけてエデンが声を上げる。

『あ、あそこに見えるのって……！』

「お腹がすいたわね。あそこで休憩しましょう！」

店の中に入り、椅子に腰掛けてから荷物を置いてホッと息を吐き出した。適当に料理を頼んで待っている間、エデンと談笑していると……

「――知ってるか？　ビビエナ公爵の娘が追放されたって話」

聞き覚えのある言葉にローザは息を止めた。

「追放!?　お貴族様の娘が追放ねぇ……もうどっかで野垂れ死んでるんじゃねぇか」

「はは！　ちげぇねぇ」

「確か名前はロザ……ロザリンダって言ったか？」

久しぶりに聞くロザリンダの名前に、心臓はドクドクと音を立てた。もうかなり王都から離れた食堂で話題に上がるということは、社交界や城に近い街ではロザリンダが追い出された話で、さぞ盛り上がっていることだろう。

「そのロザリンダって公爵令嬢は、王子様の婚約者だったらしいんだが、王子様に新しい女ができて振られちまったんだってさ」

「へぇ！　お貴族様も大変じゃねぇか」

「んで、その女を殺そうとしたのがバレて、処刑されるのが嫌で国外に逃亡したんだってよ！」

「おー……怖いねぇ」

「ビビエナ公爵と夫人が心を痛めてるって噂だぜ？」

「ははっ、そりゃあそうだろう！　手塩にかけて育てた娘がそんなことやればなぁ」

それを聞いた瞬間、思わず眉を顰めた。

覚えている限り、ビビエナ公爵達に王妃になること以外で心配されたことなど一度もない。道具のように扱い、言うことを聞かなければ容赦なく罰を下す。そんな公爵達が心を痛めることなど、ありえないだろう。

ロザリンダにはアイデンという兄がいるが、ほとんど他人のようなものだった。顔を合わせることはあっても、兄妹らしい会話をすることは一切ない。幼い頃から厳しい教育を受けていたロザリンダとアイデン。

アイデンは何を考えているのかわからない男で、思い出せる限りずっと笑みを浮かべていた。要領がよく両親の期待にも全て応《こた》えているアイデンはいつも褒められていた。そんなアイデンの姿を見て、ロザリンダはいつも悔しくてドレスを握りしめていた。

両親から愛情をもらったことがなかったロザリンダから見て、優秀な兄は両親から愛されているように思えた。

ロザリンダはそんなアイデンをいつも羨ましく思っていた。両親が求めていることに応《こた》えなければ価値がない。殺伐としたビビエナ公爵家では、何が普通なのか何が正しいのかわからない。

ロザリンダは両親から認められているアイデンと自分を比べて、自分を何もかもが劣っている駄目な人間だと決めつけてしまう。

それは成長しても変わらずに、ずっとロザリンダの中で燻《くすぶ》り続けている感情だ。

そんな両親が一度だけロザリンダを褒め称えたことがあった。それが王太子であるエリオットの婚約者の座を掴み取った時だった。

両親もロザリンダをエリオットの婚約者にするために動いていたが、国王と王妃に気に入られたことが一番の決め手となったようだ。

「さすが私たちの娘だ」

「素晴らしい」

「よくやったわ！」

今まで一度も褒められたことがなかったロザリンダは、ずっと欲していたものをはじめて得ることができた。優しい眼差しを向けられた時に、ロザリンダは初めて自分自身を見てもらったような気がした。二人の笑顔に心が満たされていく。

（お父様とお母様に、認めてもらえた……！）

けれど、頭のどこかではわかっていた。

二人が求めているのはロザリンダの次期王妃という立場だということも、王妃となった自分達に与えられる恩恵や名誉が欲しいだけだということも。

そんな偽物の愛情ですら、今まで自分は必要とされていないと思っていたロザリンダにとっては、人生で一番嬉しい出来事になった。

暫《しばら》く経つと、また以前のように両親の態度は戻っていく。

（もしもエリオット殿下の婚約者ではなくなったら……）

そんな恐怖と焦りと常に戦っていた。

何故ロザリンダが王太子の婚約者にしがみついたのか。

それはやっと得ることができた両親の愛情や期待を失ってしまうことが怖かったから。失望されて見放されることが耐え難いほどに辛いことだった。

『愛されたい』『わたくしを見て』

そんな切なる願いは、エリオットとオリビアによって奪い取られてしまう。ロザリンダは自分の存在価値を証明するために必死だった。

そんな部分を利用されてしまったのだろう。そのまま誰にも助けを求めることなく沈んでいった。

もし両親との関係を割り切れていたら、別の幸せの形を探せたのかもしれない。だが狭い世界で生きていたロザリンダにとっては、そこから出て新しい世界に行く選択肢はなかった。

『絶対に王妃にならなければならない』

洗脳のような言葉は、ロザリンダを容赦なく追い詰めていく。

ローザは自分の体を守るように抱きしめた。

（大丈夫よ、ロザリンダ……あなたのことを道具としか思っていないあんな人達がいなくたって、あなたは幸せになれる。無理に王妃の座に縋らなくったっていい。あなたは努力家で素晴らしい人間よ）

自分に言い聞かせるように心の中で呟いた。

『ローザ？　ローザ、大丈夫？』

「……エデン？」

『さっきからボーっとしてどうしたの？　料理が冷めちゃうよ？』

心配そうにこちらを見つめるエデンを安心させるように微笑んだ。それでもまだ、不安や悲しみは心に溢《あふ》れていた。

二章　真実

――ロザリンダが出て行った後。

エリオットは、裸足《はだし》で駆け出していったロザリンダの姿を見て唖然《あぜん》としていた。真っ赤な絨毯の上には、先程までロザリンダが履いていたであろうヒールが転がっている。

「エリオット様……？」

「…………」

「エリオット様ってば、大丈夫ですか？」

「大丈夫だ。すまない……オリビア」

心配そうにエリオットを見ているオリビアは安心したように柔らかい微笑みを浮かべた。オリビアのピンクダイアモンドのような美しい瞳がエリオットを映している。

エリオットがプラチナブロンドの髪を一束持ってから口づけた。オリビアは可愛らしく頬を赤らめている。それを見ているだけで自分は間違っていないと思えた。

「あの女を追い出すことができて清々している。これでオリビアが脅《おびや》かされることはない。もう安心だ」

「……うふふっ、そうですねぇ」

ロザリンダがいなくなりさえすれば周囲の目を気にすることなく、オリビアと結婚することができる。ビビエナ公爵も恥を晒した娘を許しはしないだろう。

ロザリンダが婚約者になってからというもの、エリオットは煩わしい日々を過ごしていた。間違いを許さないロザリンダは事あるごとに『皆の模範になる行いを』『しっかりしてくださいませ』と苦言を呈す。

そんなロザリンダも、幼い頃はよく公爵達に叱られていた。

『次期王妃として完璧な立ち振る舞いを』『何故こんな簡単なこともできないのだ』

ロザリンダを王妃にすることだけに、しがみついているビビエナ公爵達。そんな二人の操り人形のように動いて、必死に努力するロザリンダの姿はエリオットから見て滑稽だった。

しかしどれだけ頑張ってもロザリンダは二人に認められることはない。可哀想だと思う反面で、欲深い公爵達の言いなりになっているロザリンダを見下して馬鹿にしていた。

ビビエナ公爵はラフィ王国でも強い発言力を持っている。父が『ビビエナ公爵の機嫌だけは損ねないように』とよく家臣達に指示を出し、ロザリンダと婚約した際には『これでこの国も安心だ』と言っていた。

ロザリンダが決して自分のことを好いているわけではないことはわかっていた。政略結婚に何の違和感もなく従っていたが、それを根底からひっくり返す出来事が起きた。

それがオリビアとの出会いだ。

オリビアはどこまでも純粋で可憐な少女だった。ロザリンダとは正反対で、共にいると心が安らぐ。他の令嬢にはない女神のように優しく朗らかな姿が好ましいとエリオットは思っていた。

話せば話すほどにオリビアが好きになり、欲しくてたまらなくなる。

けれど彼女は慎ましく『エリオット様に婚約者がいるのなら我慢します』『私はそばにいるだけで幸せですから』『幸せになって欲しい』と悲しげな笑みを浮かべながらエリオットを気遣っていた。

オリビアと育んだ愛こそが本物だとエリオットは確信して、次第にオリビアと歩む未来しか考えられなくなっていた。

オリビアに気持ちが傾いていくのと同時に、ロザリンダはどこか焦っているようにも見えた。しかしエリオットはロザリンダが誰にも助けを求められないことを知っている。ビビエナ公爵にこのことが伝わるのを何より恐れているからだ。

そんな時、オリビアにロザリンダから嫌がらせを受けていると相談を受けた。

『今すぐ抗議しに向かう』とエリオットが言うと、『私が何かよくないことをしてしまったのかもしれません……だからロザリンダ様は悪くないですから』と止めたのだ。

悪を許す心の広さと慈愛に満ちた言葉に感動し、エリオットの気持ちは昂《たかぶ》っていく。

（オリビアは、必ず俺が守ってみせる……！）

そして予想もしなかった出来事が起こる。オリビアが毒を口にして倒れたと知らせを受けたのだ。

幸いオリビアは少量の毒を摂取しただけで命に別条はなく、『エリオット様と、もう会えなくなると思うと怖かった』と涙するオリビアを見た瞬間、怒りで頭がおかしくなりそうになる。

犯人はたった一人しかいない。エリオットは確信していた。

オリビアが苦しんでいるのにもかかわらず、ロザリンダは素知らぬ顔で毎日を過ごしている。そんな姿を見ていると気持ちが収まらない。

(俺の大切なオリビアを傷つけてタダで済むと思うなよ!)

自分の立場が危うくなると思い、オリビアを消そうとしたのだろう。

オリビアも『きっとロザリンダ様がやったんだわ……』と怯えながらエリオットに訴えかけていた。

このままロザリンダを野放しにすることはできない。ロザリンダはオリビアが生きていると知れば、必ずまたオリビアを消そうとするに違いない。

「きっとロザリンダが犯人だ！　間違いない」

「私もそう思います。きっとエリオット様と私が仲良くしていたことが許せないのね」

「ロザリンダを問い詰めなければ……！」

「証拠がないとロザリンダ様はきっと否定すると思うのです。だから証拠を探さないと……」

それからエリオットはハリーと共にロザリンダがオリビアを毒殺しようとした証拠を集めていた。

オリビアの『ロザリンダ様が城にいる時に使っているお部屋はどうでしょうか?』という言葉を聞いて、ロザリンダの衣装などが置いてある控室を捜索すると、アクセサリーが入っている引き出しの中から小瓶が見つかった。

中身を調べてみるとオリビアが飲んだ毒と同じものが入っていたのだ。

(失望したぞ……ロザリンダ・ビビエナめ! だが、これは好機だ)

エリオットはこの件をきっかけにロザリンダを追い落とす機会をずっと考えていた。

今日のパーティーは貴族達が大勢集まる。パーティーで高らかにロザリンダの処刑を宣言すればいい。未遂とはいえ、人殺しが王妃になるなど考えられない。

ハリーは『公爵や国王の判断を待った方がいい』と言ったが両親は公務で隣国へと行っていて、ビビエナ公爵もたまたま今日のパーティーに出席していない。

これ以上、ロザリンダに怯えて恐怖に涙するオリビアを放っておくことはできなかった。

先程も何か訳のわからない言葉を並べていたが、恐らく王妃になれないことへの不満と我が身の心配だろう。

しかし処刑は可哀想だというオリビアの話を聞いて、国外追放を提案してみたものの、やはりハリーの言う通りにした方がいいかもしれないと考え直していた時だった。

『かしこまりました。婚約の破棄、そして国外追放……エリオット殿下の指示に従いますわ』

ロザリンダが自分の罪を認めたまではよかったが、勝手に会場からいなくなってしまったのだ。

それには開いた口が塞がらない。だが処刑してやろうと思っていたエリオットは、自分で出て行ってくれるならば楽でいい、そう思い直すことにした。

貴族の令嬢が外で生きられるわけがない。処刑と同じだと思ったからだ。

これで全てが丸く収まる。皆がエリオットの英断を認めてくれるはずだ。全てはロザリンダが仕組んだことで、いつも彼女の味方をしてばかりいる両親も今回ばかりは納得せざるを得ないだろう。もちろんビビエナ公爵達に咎《とが》められることはない。そう思ってはいたものの、本当にこれでよかったのかという不安が湧き上がる。

エリオットはそんな考えを振り払うように笑みを作る。ハリーと共にロザリンダの悪事の証拠は掴んでいる。何の問題もないはずだと無理矢理思うことにした。

（これでオリビアと幸せな未来を歩んでいける……！）

そう信じて疑わなかった。


しかし、ロザリンダが出て行ってから一週間後のことだった。

外交のために国を留守にしていた父と母が帰ってきて暫《しば》らくしてパーティーでの出来事を聞いたのだろう。案の定、エリオットは部屋に呼び出されていた。

「エリオット、今すぐにロザリンダの件について説明してくれないか」

「ああ……あの忌まわしい事件をお聞きになったのですか？」

「随分な騒ぎを起こしたようだな」

「えぇ、それもこれも仕方のないことです」

「その仕方がないこととは何だ」

父はエリオットを鋭く睨《にら》みつけていた。何故怒りを滲《にじ》ませているのか、理由もわからないまま平静を装っていた。

自分のしたことは絶対に間違っていない。

そう言いきれるはずなのにエリオットの心は不安でいっぱいになる。

「はい、父上！　俺の婚約者だったロザリンダ・ビビエナは、俺の大切な友人、オリビアに勝手に嫉妬をして嫌がらせを繰り返していたようです」

「嫌がらせ……だと？」

「はい。これはオリビア本人と複数の令嬢達から証言は得ています」

「例えば？」

父の追及は続いていく。

「た、例えば、ドレスを汚された。悪い噂を流された……お茶会に呼ばれなかった。睨みつけられて近づかないように牽制されたなどです」

「そうか。ドレスを汚された、破られた……そのようなことが起こった時のためにパーティーでは何着か着替えのドレスは持ち込んでいるはずだ。着替えればいいだけの話ではないか」

「は……？」

「今回のパーティーではロザリンダではなくオリビアにドレスを贈ったと聞いた。何故、ただの友人にドレスを贈る？」

「オ、オリビアが一緒がいいと……じゃなくて、豪華なドレスが羨《うらや》ましいと言っていたんです！　たまには気分転換に違う令嬢にドレスを贈ってもいいかなとっ」

「お前は友人に自分と揃いのデザインのドレスを着せて、のこのこパーティーに出席するのか…？　婚約者のエスコートではなく友人を優先した理由はなんだ」

「そ、れは……」

「はぁ……話にならない。もう終わりか？　そうやって感情を表に出すなといつも言っているだろう。ハリーかロザリンダのフォローがなければ言い訳すらも儘《まま》ならぬというのか」

「……違いますっ！」

淡々と言葉を吐き出す父を見上げていた。王太子である自分に期待すら寄せない冷たい態度が苦手だった。ロザリンダはよく褒めるくせに、口を開けばエリオットに『まだまだ』と言う。

「それに嫌がらせや悪い噂など常だ。上の立場になれば尚更。睨《にら》みつけられたくらいで怯えている令嬢ならば王妃になどなれないだろう。オリビア・デルタルトとの結婚は諦めることだ」

「……べ、別にっ、俺はそんな」

父の追求にエリオットは思わず声を上げた。オリビアとの結婚を報告するつもりが、エリオットはどんどんと追い詰められていく。

「お前はこれからどうするつもりなのだ？　ロザリンダとの婚約を勝手に破棄したと聞いたが」

「は、はい！　ロザリンダはオリビアを毒殺しようとしたのです。故に俺が罰を与えました」

エリオットはこれならば父が納得してくれるだろうと自信満々でそう告げた。

（いくらロザリンダが王妃に向いていたとしても、嫉妬で毒を盛るような女など……！　このことを知れば、父上や母上だって納得するはずだ）

その後もエリオットはロザリンダの方にこそ非があるのだと必死に訴えかけた。城から出て行ったロザリンダは今頃、その辺で野垂れ死んでいることだろう。街の治安はお世辞にもいいとはいえない。それでも父や母は貴族社会を維持させることを優先させている。

（父上もオリビアに会えば、きっとその素晴らしさに気づくはずだ）

エリオットはオリビアとの結婚を諦めるつもりはなかった。

「ビビエナ公爵には何と説明するつもりなのだ」

「ですからっ……オリビアを毒殺しようとした罪で処刑しようとしたが逃げ出したと、ビビエナ公爵にはキチンと内情を説明した手紙を送りました。今頃、納得しているに違いありません」

すると父は呆れたとでも言わんばかりに首を横に振っている。それが何故だかわからずにエリオットは唇を噛んで父の言葉を待っていた。

「愚かな。お前はいつからそんな権限を持った？　誰がそれを許可したのだ」

「……!?」

「ロザリンダが本当に毒を仕込んだと思うのか……？　何故、何も確認もせずにロザリンダを追い出したのだ。これが冤罪だった場合、責任は取れるのか？」

エリオットは予想外の出来事に唖然《あぜん》としていた。

（責任を取る？　ありえないだろう）

報告をして『そうか、わかった』で終わると思っていた。オリビアとの結婚を提案する間もなく、父に質問攻めにされてエリオットは戸惑っていた。

「証拠があるのです。ロザリンダの部屋に同じ毒が入った瓶があったのですよ!?」

何故冷たい視線を向けられているのか、エリオットの主張を信じてくれないのか……全く理解できない。

ロザリンダがオリビアを消そうとしたという事実は揺るぎないはずなのに。

「ロザリンダが、たかが嫉妬で毒を盛るとは思えないと言っているのだ……！」

「父上、何を言っているのですか!?　ロザリンダは己の罪を認めたからこそ、自分から国を出て行ったのですよ？」

「ロザリンダが国を出て行った理由はわからないが、そんなことをするよりも、お前の不貞行為を我々に報告する方がよっぽど早いではないか！」

「え……？」

普段、柔らかい笑みを浮かべている母が、珍しく眉を顰《ひそ》め険しい表情でエリオットに告げた。

「今までのあなたの様子は、ロザリンダから報告を受けているわ。何も手出しはしなくていいと言われていたけれど」

「報、告……？」

「それに最近では〝愛されていないことはわかっているから、跡継ぎのことを考えるのなら側妃を考えた方がいい〟と私達の前で言ったこともあったの。悲しいことにね……ビビエナ公爵にだけは何も言わないで欲しいと、ロザリンダはいつも言っていたわ」

「ビビエナ公爵にはバレたくなかったのだろう。我々がもっと早く手を打つべきだった……！」

「あの子はあなたよりよっぽど覚悟を決めていたのよ。可哀想なことをしたわ」

「何が友人だ。すでに色んな噂が耳に入っているぞ。今まで目を瞑《つむ》っていたに過ぎない。今までロザリンダが大きく騒ぎ立てなかったからよかったものを……不貞行為がビビエナ公爵に知られていたら、お前が王になる未来は訪れないだろうな」

エリオットは耳を疑いたくなった。父や母の話すロザリンダと、嫉妬に狂ってオリビアに嫌がらせをしているロザリンダの姿が、まるで噛み合わない。

確かにオリビアと知り合った頃のロザリンダは、エリオットがオリビアに気持ちが傾いたのを知りながら黙認していた。しかし、自分から側妃を迎えた方がいいと言ったなどと、初めて聞く事実に動揺を隠しきれない。

「ですが、俺には何も……！」

「言ったところで、あなたは今回のようにロザリンダを追い出すために手を尽くしたのでしょう？　その令嬢と結ばれるために」

「……っ」

母の言う通りだった。エリオットにとってロザリンダは、二人の仲を引き裂こうとする煩わしい邪魔者でしかない。

最近ではどうすればオリビアと結婚できるのか、ロザリンダを追い出すために何をすればいいのか……それればかり考えていた。

それすらも父と母は見透かしていたのだろうか。

「それだけの覚悟を決めているロザリンダが、こんな軽率な行動を取るとは思えないわ。もし今回の犯人がロザリンダではなかったら、どうなるのかわかっているの？」

「え……？」

「ましてや最悪、死んでなどいたらお前の立場はないだろうな」

「なっ、何故ですか⁉　公爵達だって城に抗議しに来ないではありませんか！　この件について納得しているということですよ？」

「……浅慮な行動で自分の首を絞めなければいいがな。やはりロザリンダがいなければこんなものか」

「あの女はっ、口うるさいだけで俺の役になど立っておりません！」

「本気でそう思っているのなら、お前の目は節穴だ。ビビエナ公爵が何も言っていないならば今回はいいとしよう。もし何かあった場合の責任は全てお前が取れ」

「ははっ、何も起こりませんよ……！」

両親は初めからロザリンダが毒を盛るはずがないと信じきっているではないか。それに自分の息子よりもロザリンダを信頼しているような口振りに戸惑うばかりだ。

母がエリオットの前に出る。その表情は厳しいものだった。

「エリオット、今後のことについて話をしましょうか。ロザリンダがいない今、仮にオリビアという令嬢が婚約者になったとしましょう。一カ月後のパーティーには全ての準備が間に合いそうですか？」

「一カ月後の、パーティー？」

「マナーや立ち振る舞いが完璧であることは当然です。それから名前を全て記憶して、客人をもてなさなければなりません。彼女にそれができますか？」

「そんなことを……オリビアにできるわけないじゃないですか！」

「では、あなたが彼女を完璧にフォローできるのですね？」

「……っ⁉」

「間違いは絶対に許されません。もうロザリンダに頼ることはできませんよ？」

エリオットは思わず顔を伏せた。パーティーは必ず婚約者であるロザリンダと出席していたが、少しでも名前がわからず困惑した素振りを見せるだけで、コッソリと名前を耳打ちして教えてくれる。粗相をした時はすぐにフォローしてくれた。

それが今まで間違っていたことはない。ロザリンダのマナーや立ち振る舞いを心配したことなど一度もない。むしろこちらのミスを指摘してくるくらいだ。

今更ではあるが、ロザリンダは次期王妃としては完璧だった。けれどそれを肯定してしまえば、自分の過《あやま》ちを認めなくてはならない。

オリビアは優しく包容力があり、守ってあげたくなる愛らしい女性ではあるが、貴族としての常識には疎いような気がしていた。むしろエリオットがフォローに回ることさえあった。

「ありがとうございます、エリオット様」

そう言われて頼りにされると嬉しかったが、こうなると話は違ってくる。確かに母やロザリンダと比べてしまえば、オリビアは王妃には向かないのかもしれない。しかしエリオットはそれでもオリビアを手放したくなかった。

「来客をもてなすのに失礼があってはなりません」

「わかっています……！」

「いいえ、エリオット。あなたは何もわかっていないわ」

突きつけられた現実は想像よりも厳しいものだった。二人からの非難は夜遅くまで続いた。

ロザリンダを追放してから、もうすぐ一カ月の月日が経とうとしていた。

「――エリオット殿下っ！」

「……なんだ、ハリー」

慌てた様子で部屋に飛び込んで来たハリーに苛立ちを感じつつも顔を上げる。ロザリンダがいなくなった分、ロザリンダに押しつけていた仕事をしなければならなくなり、毎晩雑務に追われてエリオットの目の下には隈ができていた。

こんなところに影響が出るとは、あの時は考えもしなかった。最近は忙しすぎてオリビアに会っていない。毎日といっていいほどエリオットのそばにいたオリビアだったが、ロザリンダを追放してから姿を見かけなくなった。最初はエリオットを気遣っているのかと思ったが、どうやらハリーやマーシャルには会っているらしい。

（オリビアは何を考えているんだ……！）

オリビアは正式な婚約者として父と母に認められていないため、どうすることもできない。

オリビアもエリオットの婚約者になることに、そこまで執着していないように思えた。

（そんなはずはない！　オリビアは俺を愛しているはずだ……！）

疲れが溜まっているせいで、思考が悪い方へと向かってしまうだけだと溜息を吐きながら肩を回した。それに一週間後にはパーティーのパートナーを頼んでいるため、オリビアに会うことができる。それまでの辛抱だと言い聞かせていた。

「エリオット殿下、お知らせしたいことがあります……！」

「チッ、ただでさえ忙しいというのに」

「………」

ハリーはずっと厳しい表情を浮かべたまま黙っていた。いつもと違う様子にエリオットは違和感を覚える。

「何だ？　早く言え」

「……真犯人が、見つかりました」

「は……？」

「オリビア様に嫌がらせをしていた真犯人が見つかったんです……！」

ハリーの言葉の意味がわからずにいた。真犯人とは一体何のことだろうか、と。ハリーはグッと唇を噛んだ後にエリオットの方に向き直る。目を伏せながら言葉を詰まらせるように答えた。

「ロザリンダ様がオリビア様に嫌がらせをして毒殺を企《くわだ》てたと思っておりましたが……本当は違いました。オリビア様に嫌がらせをしていたのは別の令嬢だったのです。ロザリンダ様を利用して、うまく影で動いたようです」

「なっ……!?」

ロザリンダがいなくなり終息するはずの嫌がらせが終わらない。オリビアからの相談もあり調べてみると、なんと他の令嬢が犯人であることがわかったのだ。

現場を押さえて問い詰めていけば、観念したのか自白したらしい。

「オリビア様に惚れてしまった婚約者を取り戻そうと必死だったそうです。嫉妬心から嫌がらせを繰り返して、オリビア様がいなくなれば自分の元に婚約者が戻って来るのではないか……と」

「……!?」

「オリビア様はこのことは秘密にしたい、心配を掛けたくないからエリオット殿下に黙っていて欲しいと言ったのですが、居ても立ってもいられずにお伝えに参りました……！」

「嘘、だろう……？」

(何故、今更犯人が……っ)

もしそれが本当なら、あれだけ大勢の前で宣言しておいて、エリオットの立場がないではないか。

しかしロザリンダを追い出した理由はそれだけではないことをすぐに思い出す。

「どうしますか。エリオット殿下」

「だ、だが……たとえ嫌がらせをしていなかったとしても、オリビアを殺そうとした事実は変わらないじゃないか！」

「……。こうは考えられませんか？」

「何だ？」

「オリビア様に嫌がらせをしていた令嬢は、毒殺に関しての犯行を否定していますが、本当はその令嬢がロザリンダ様の部屋に瓶を置くように仕向けたのではないでしょうか……？　そして今回のようにロザリンダ様のせいにしたのではありませんか？」

「なんだと？」

「オリビア様が消えたら婚約者が戻ってくる……そう思ったのなら辻褄が合います。もう少し詳しく調べてみますが、もしロザリンダ様が犯人ではないなら我々は……！」

つまり、オリビアを殺そうとしたのはロザリンダではない可能性が出てきたということだ。

（このままだと父上と母上の言う通りになってしまうというのか？）

そんな現実を認められなくて、エリオットは静かに首を横に振ることしかできなかった。しかしすぐに自分の身を守るためにどうすればいいのかに思考を切り替える。

「このことを父は知っているのかっ⁉」

「再び調査が必要だと思ったので、申し上げました」

「——なっ⁉　ハリー、何故父上に報告したんだ？　これが伝われば俺達がどうなるのかわかっているだろう⁉」

「……はい」

エリオットは失望して、ハリーに対して激しい怒りを覚えた。

宰相の息子、ハリー・テルータは幼い頃から当たり前のようにエリオットの隣にいた。将来、国を支えていくためにとハリーは常に父親の後をついて回り学んでいる。『父のようになりたい』、それは幼い頃からハリーの口癖だった。

正義感が強く、完璧主義者で間違いを許せない性格が煩《わずら》わしいと思うこともあったが、頭の回転が早く役に立つことも多い。

そしてもう一人、騎士団長の息子であるマーシャルとも親しい仲だ。マーシャルはこの事実がわかってすぐに、父がロザリンダの捜索を命じたそうだ。

「オリビアの言う通り、黙っておけばよかったものを……！　ペラペラと喋るなど信じられない。自らの首を締めるようなものだぞ⁉」

「ですがっ、我々は何の罪もないロザリンダ様を国外に追放してしまったのかもしれないのですよ？」

「黙れ、ハリー！　これ以上、余計なことをするな！　これは何かの間違いだ。あの女がやったに違いないっ」

「……エリオット殿下」

口では否定しつつも、血の気が引いていくのを感じていた。ハリーを責め立てたかったが、今はそれどころではない。

「もしそれが事実なら、どうしてロザリンダは自分から国を出て行ったんだ……！」

もし仮にロザリンダが冤罪だったとして、何故抵抗をやめて走り去って行ったのか。ロザリンダは王妃になることに強い執着を持っていたはずだ。改めて考えてみると、あのロザリンダが婚約者の座からあっさり身を引いたことに違和感を覚えた。

「何もしていないのなら最後まで抵抗するはずだろう？　身の潔白を証明するために……！」

「ロザリンダ様が何故、自分から国を出て行ったのかはわかりませんが、ロザリンダ様の気持ちや立場を考えると、処刑されてしまうことや、もしくは事実ではなかったとしてもビビエナ公爵から激しく非難されることを恐れて、この国を出て行ったのではないのでしょうか？」

「……！」

「どちらにせよビビエナ公爵がロザリンダ様をそのまま公爵家に置いておくとは思えませんから」

確かにハリーの言う通りだった。ビビエナ公爵は容赦なくロザリンダを除籍していただろう。毒殺という容疑を掛けられたロザリンダを許すはずがない。

問題なのは、ロザリンダを追い出したのがビビエナ公爵ではなく、エリオットの指示によって出て行ったということだ。このまま最悪の事態が起これば、間違いなく責められるのは……

（まさか、こんなことが起こるなんて……！）

『もし何かあった場合の責任は全てお前が取れ』、そんな父の言葉が頭を過る。以前言われた通り父と母には助けてもらえないだろう。

「クソッ……！　何がどうなっているんだ。ロザリンダがビビエナ公爵の判断を仰《あお》がずに動くことなどありえるのか!?」

「聞き込みをしたところ、出ていく前に侍女がロザリンダ様に声を掛けられたと言っていました」

「なんだと……？」

ハリーがロザリンダの動向を追っていくと、城の侍女に声を掛けて着替えをもらっていくと言ったそうだ。

替えのドレスに着替えることを勧めたが、急いでいるからとドレスの紐を解くように頼まれて、そのままどこかへ行ってしまったのだという。

そして馬舎から馬を一頭連れて城を出て、ロザリンダは公爵家に帰ることもなく姿を消す。

どうせ出て行くのなら公爵家に帰っても変わらない。だから先に出て行ったとでもいうのだろうか。ロザリンダは公爵達には反抗したことはなく、いつも言う通りに指示に従っていたはずだ。なのに説明も弁解もしないまま城を飛び出すなど考えられない。

今までのロザリンダと、あの日のロザリンダの行動がどうも噛み合わない。積み上げてきた地位や立場を何もかも綺麗さっぱりと捨てて、あの瞬間に出て行くという判断ができるものなのか。

（あまりのショックで頭がおかしくなったのか……？）

そんな理由しか思い浮かばなかった。

しかし、エリオットはこうして自分の立場が危うくなった今でも、王太子の地位を絶対に手放したくはないと思っている。自分が例外などではない。ラフィ王国の貴族ならば、誰もがそう思うはずなのだ。この優雅な生活は選ばれた者達しか送ることができない。

自分の地位を簡単に捨て去ることなどできはしない。今までのロザリンダの性格を考えれば絶対にありえない行動だと思った。

「それから、ビビエナ公爵がエリオット殿下と話がしたいと仰っております」

「……っ!?」

「事実確認をしたいが娘がいない、何故無実のロザリンダが追い出されなければならないのか……そう抗議文が来ています」

ハリーから渡されたのは、ビビエナ公爵家の家紋が押された蝋封で閉じられた封筒だった。中に入っていた書類はどれも目を背けたくなるような内容で、エリオットを激しく非難するものだ。

「それと国王陛下からは、ビビエナ公爵から許しが得られるまで帰ってくるな……と」

「そ、そんなこと！　まだ犯人はその令嬢だと決まったわけではないんだろう？　ロザリンダの可能性がまだあるのではないのかっ」

「…………」

「おい、ハリー！　何とか言えっ」

「今、騎士達が吐かせていますが……恐らくは時間の問題かと」

騎士達を派遣したことも含め、ほぼ決定的だとハリーは続けた。

「なっ……ではロザリンダは、本当に？」

「ロザリンダ様は……無実です」

あの時エリオットの手紙を受け取り、父や母と違い理解を示していたビビエナ公爵だったが、ロザリンダが冤罪でいなくなったことがわかった途端、態度を一転させた。

その理由は、オリビアに嫌がらせをして毒殺しようとしたというありもしない罪を被せて、ロザリンダを国から追放したからに他ならない。つまり汚名を被せてロザリンダを追い出したことを許さない、責任を取れと言いたいのだ。

しかしロザリンダはどこにいるかもわからない。これだけ時間が経っているし、もう死んだ可能性だってある。

（……貴族の令嬢として育ってきたロザリンダが、外で生きていけるわけがないだろう？）

ロザリンダと共に何度か街に視察に向かったことがあるが、目を塞ぎたくなるほどに汚い光景と、ひどい匂いだった。治安も悪く、なるべくなら足を踏み入れたくはなかった。

そんな場所を令嬢が放り出されてしまえばすぐに捕まり、どこかに売られて奴隷になるのがオチだろう。今まではいなくなって清々すると思っていたが、皮肉にも今は、何故いなくなってしまったのかと苛立っていた。

まだ決まったわけではない、大丈夫だと言い聞かせたところで、もう手遅れなことはわかっていた。

真犯人など見つからなければよかったのに……そう思わずにはいられなかった。

エリオットは震える腕を押さえて言い訳を絞り出しながら、ビビエナ公爵邸に返信の手紙を書いた。恐らくその令嬢がオリビアの毒殺を企てたことを吐けばロザリンダの冤罪が確定して、ビビエナ公爵邸へ、謝罪に向かわなければならない。

(ロザリンダが犯人に決まっている。絶対に大丈夫だ……！)


しかしエリオットの願いも虚《むな》しく、次の日に令嬢が真犯人だと決定したが、最後までオリビアを毒殺しようとしたことは否定したらしい。だが他に犯人も見当たらないことから令嬢の犯行という結論に至った。その事実をハリーから聞いた瞬間、エリオットは愕然とした。

エリオットは馬車に揺られてビビエナ公爵邸に向かっていた。立派な邸に着くと、重たい足を動かしながら一人で馬車から降りる。

邸を訪ねる時はハリーを連れず、一人で来るようにと言われていたからだ。城を出る前、ハリーが背後で何か言っていたが、緊張からか何も聞こえなかった。

「ようこそお越しくださいました。エリオット殿下」

「この度は本当にっ……」

「どうぞ、中にお入りください」

「……ッ」

エリオットは喉元に剣を向けられているような緊張感に息をのんだ。席に着いて震える手で紅茶を飲んだが何の味もしない。

今まで王太子として生きてきたエリオットだったが、こんな気持ちになったのは生まれて初めてだった。

頼みのハリーは横にいない。エリオットからは何も言うことができずにビビエナ公爵の言葉を待っていた。ビビエナ公爵と夫人は何も語ることはなく、エリオットが送った手紙を投げ捨てるようにテーブルに置いた。

このままでは埒があかないと思い、深呼吸をした後にエリオットは震える唇を開く。

「こ、この度は己の未熟さ故にロザリンダに罪を被せたこと、心より謝罪するっ」

「…………」

「申し訳、なかった」

「エリオット殿下、我々は謝罪を求めておりません」

「え……？」

予想外の言葉にエリオットは深々と下げていた頭を上げた。

そこには怒りをあらわにして、こちらを睨《にら》みつけている二人の姿があった。エリオットは大きく大きく肩を揺らす。

「我々の望みはただ一つ……今すぐ娘を、ロザリンダを返してくださいませ」

「……!?」

「手塩にかけて育てた娘は、あらぬ罪を被せられ、未来を潰されて国外に追放されたのです」

「責任を取っていただかなければ困りますわ」

そう言われて声が出なかった。嫌な汗が手のひらにじんわりと滲《にじ》む。

こうなることはわかっていたが、いざ目の前に現実を突きつけられてしまえば、エリオットには何もできない。

「我々がこの国で大きな役割を担っているのは、稚拙で未熟なエリオット殿下にもおわかりいただけておりますかな？」

「……っ」

「もしロザリンダが我々の手元に戻らなければ……エリオット殿下が王座につく未来は訪れないでしょうな。幸い、王家にはマリオ殿下がいらっしゃる。何も問題はありません」

「ま、待ってくれ……！」

「話は以上です。どうぞお戻りください」

そのまま有無を言わさずビビエナ公爵邸から追い出されてしまった。

エリオットはそれなりの言い訳を馬車の中で考えていたはずだった。ロザリンダを陥れた卑劣な令嬢に、公爵達の怒りを擦りつけようとしたのだ。しかしそれを伝える暇すら与えられない。

ロザリンダを見つけ出すこと以外は選択肢がないと言われて、エリオットは絶望した。全身から血の気が引いていく。

（一体、俺はどうすれば……！）

エリオットの帰りを待っていたハリーは、表情で全てを察したのだろう。静かに瞼を伏せてから、首を小さく横に振った。仄暗い空気に包まれながらポツリポツリとハリーに事情を説明する。

「俺はただ……まさかっ、こんなことになるなんて！」

「私達にはロザリンダ様を見つけるしか道はありません」

「ハリー……」

「これはエリオット殿下の未来のためです。どんな手を使ってもロザリンダ様を見つけ出しましょう」

ハリーは覚悟を決めたように力強く声を上げた。しかしエリオットもハリーもわかっていた。外に投げ出された令嬢が一人で生きていけるはずがない。どこかで野垂《のた》れ死んでいるか奴隷になっているだろうと。

「しかし……もう、ロザリンダはっ」

「そうでなければエリオット殿下、あなたの未来はありません」

「……！」

エリオットの心臓は激しく音を立てる。こんな些細なことで、自分の足場が簡単に崩れてしまうことを今、初めて知った。このままでは王位継承権を失ってしまう。

（こんなことになるのなら、余計なことをせずにロザリンダを王妃としてオリビアを側妃にしていれば……！）

迫り上がる後悔に唇を強く噛んだ。いくら悔いたところで時間もロザリンダも戻らない。

「どんな些細なことでもいい。ロザリンダの情報を集めよう」

「わかりました！」

ぐっと握り込んだエリオットの手のひらに、爪が食い込んだ。


数日後、エリオットは暗い気分のままパーティーに出席するためデルタルト子爵邸にオリビアを迎えに行った。今からオリビアに会えると思うと気持ちは上向きになる。

オリビアはエリオットがプレゼントしたドレスを着て子爵邸から出てきたものの、何故か不機嫌そうに顔を歪《ゆが》めている。

「久しぶりだな、オリビア！」

「……」

「オリビア？」

「…………。何ですか？」

「元気がないのか？」

「別に」

いつもの愛らしい笑みも浮かべることもなく、オリビアは無表情で人形のように淡々と返事をしている。唯一の心の拠《よ》り所であるオリビアに手紙を送っても無視されて、エリオットに会いに来ることもない。

（この俺が、オリビアに避けられているはずがない……！）

ロザリンダが出て行ってから、まるで用済みとでもいうように他の令息達に擦り寄っては『エリオット殿下に迫られて困っている』と不満を漏らしているとハリーに聞いた時は何かの間違いだと思った。他の令息と話すオリビアを見て真っ黒な感情が込み上げてくる。

（誰にも渡しはしない！　オリビアは俺の女だ……っ）

考えてみるとオリビアはエリオットに対して明確な言葉を口にしたことはなかった。

エリオットが『愛している』『好きだ』と言っても、同じような愛の言葉を返されたことはない。今考えると、もしかしたらエリオットはオリビアにとってただの友人だったのかもしれない。思えばハリーにもマーシャルにも同じようなことをしていた。

しかし自分だけは絶対に違うと言い聞かせていた。オリビアから言葉を返されなくとも、エリオットを愛してくれている。エリオットが忙しい姿を見て気を遣ってくれているのだと。

（今だってオリビアは、たまたま元気がないだけだ……！）

そう言い聞かせても心がざわざわとして落ち着かない。

（そうだ。何か喜びそうなことを言えばいい！　それに今の俺の事情を説明すれば、優しいオリビアならば絶対にわかってくれるはずだ）

「すまない、オリビア。本当はオリビアに王妃になってもらいたかったが、状況が変わ……」

変わったんだ……そう言い終わる前にオリビアから鋭い視線を向けられて息を止めた。

「王妃なんてどうでもいいわっ！」

「…………!?」

その言葉を聞いて感動していた。つまりオリビアは王妃にならなくともエリオットを愛していると伝えてくれていると思ったからだ。

（なんて素晴らしい女性なんだ！　やはりオリビアを選んだことは間違いではなかった）

だが、そんな考えは次の瞬間に打ち砕かれることとなる。

「オリビア、やはり俺のことが……！」

「――あなたと結婚するなんて絶対に嫌っ！」

「……は？」

「それに私はあなたの婚約者じゃないでしょう!?　忙しいので、もう二度とこんなくだらないパーティーに誘わないでくれませんか？　今回で最後にしてください。折角、邪魔者を排除したのに……何なのよっ！」

「……オリ、ビア？」

「誰がこんなことをしたのかしら。裏路地のあの場所に現れるはずでしょう？　あの商人は何も言わないし、やっぱり私じゃダメってこと？　そんなわけないわ。だってロザリンダはもうこの世界から消えたはずだもの……私のものよ」

オリビアは爪をガリガリと噛みながら目を見開いている。何を言っているのか理解できなかった。その様子は物語のオリビアとは別人だった。

「……私の幸せな未来のためには、あの子達は絶対に必要なのに！」

まるでエリオットの存在など、全く気にしていないオリビアは『まだ間に合うわ』『もう一度、お父様に頼まなくちゃ』とブツブツと呟いている。

オリビアを馬車から降りるように促して会場へ。理由を聞こうとしたが、扉が開きパーティーがはじまってしまった。

そんな状態で迎えたパーティーは最悪なものだった。

忙しさで名前を完璧に覚えられるはずもなく、エリオットは口ごもってしまう。オリビアは隣でつまらなそうに顔を背《そむ》けている。

今までにないほどの大失敗。『これがラフィ王国の王太子か……』と、鼻で笑われ嫌味を言われてエリオットは顔を真っ赤にさせて俯いていた。

パーティーが終わると、オリビアはエリオットの手を振り払い、すぐに馬車に乗り込むと何も言わずに子爵邸に帰ってしまった。プライドが崩れるのと同時に湧き上がる憎しみ。

（おかしいっ、こんなはずではなかった！　あの女さえ逃げ出さなければ……！）

＊　＊　＊

ローザはあれからいくつもの街を渡りながら、アダンとエデンと共に旅をしてきた。

高熱を出したあの日から、アダンの態度が少しだけ柔らかくなり、エデンとはさらに仲良くなった。

順調に隣国に向かっている反面で、ゴールが近づいていくにつれて二人と離れることが寂しく感じている。

この森を抜ければ、ラフィ王国の国境というところまで辿り着く。

「行こう、二人とも」

『うん！』

「…………あぁ」

三人で手を繋ぎながら国境を越えた。新しい国に踏み入れた瞬間、ローザは感動して涙が込み上げてきた。

今まで数えきれないほどの危機を乗り越えてここに立っている。ローザはズズッと鼻水を啜ってから溢れそうになる涙を乱暴に拭《ぬぐ》う。

前世の記憶を思い出してから、旅をするのはとても辛かった。便利な暮らしを思い出しては比べてしまうのは致し方ないことだろう。

それに貴族の常識や知識はあっても、街で暮らしたことはないため、何も知らない状態で外国に放り出されたような気分だ。言葉が通じるのが唯一の救いだったかもしれない。

慣れない食事に不便な生活。温かいお湯を張ったお風呂など入れるはずもなく、冷たい水に浸《ひた》した布で体を拭《ぬぐ》う程度だ。

過酷な環境で毎日くたくたになるまで歩いて宿を探す。緊張感のある日々に精神はすり減っていく。ただでさえ女性と子供ということで危険や苦労も多かった。

ローザは食堂や街などで情報を集めつつ、地道に歩きながら様々なルールを学んでいく。

そして驚くべきことにアダンとエデンも、ラフィ王国のことを何一つ知らなかった。

恐らく国外から連れてこられたか、親に売られてしまったのか……その辺の事情を二人に聞くことはできない。

アダンは力を使って守ってくれた。エデンはいつも励ましの言葉をかけてくれた。けれど二人がいなければ、ここまで辿《たど》り着くことはできなかっただろう。

「アダン、エデン……ここまで本当にありがとう！」

膝をついて二人を引き寄せてから思いきり抱きしめた。もうアダンに腕を振り払われることはない。

そして隣国に着いたということは、二人を本当の意味で解放できるということだ。その先を考えると喜びが悲しみに変わる。

二人の首の拘束具を見る度に罪悪感に苛まれていたローザは途中で拘束具を取ろうとしたが、アダンとエデンは何故か隣国に着くまではこのままでいいと言った。アダンの力があれば、ローザを痺れさせて逃げることも可能だった。エデンに鞄を預けることも何度かあった。

朝起きる度に二人がいなくなっているかもしれないと思っていたけれど、ローザと一緒にいることを選んでくれた。こうして隣国まで一緒について来てくれたのだ。

「……今まで、苦しい思いをさせてごめんなさい」

アダンとエデンの拘束具を外すための小さな鍵を鞄から取り出して、首の枷を外していく。

ガチャリという音と共に拘束具が外れると二人は嬉しそうに顔を見合わせた。

「アダン、エデン。ここまで頑張ってくれてっ、本当に、ありがとうっ！」

『ローザ、泣かないで。僕達の方こそありがとう』

「……っ、うぅ！」

その言葉を聞いて、今まで我慢していた涙が溢れていく。小さな二人の体を抱きしめながら人目も憚らずに泣いていた。

しかし隣国に入国できたからといって、この先に何があるかはわからない。辿《たど》り着いたからといって終わりではなく、むしろここからがはじまりである。

ローザはハンカチを取り出して、チーンと音を立てて思いきり鼻をかんだ後にアダンとエデンに再び声を掛ける。

「二人とも、元気でね」

『ローザは、これからどうするの？』

「私……？」

エデンの言葉を聞いて、少し考えた後に口を開いた。

「私はヴェルタルで働いて、慎ましく暮らしていければいいわ」

勢いのままラフィ王国を出てきたはいいが、どこの国に行けばいいか迷っているとエデンが『ヴェルタルはどう？』と提案してくれたのだ。

ロザリンダの知識の中にある隣国ヴェルタルは、様々な種族が共生している珍しい国だ。ラフィ王国のように奴隷制度もなければ王制もない。

色々な事情を抱えた人達がここにいる。基本的に最低限のルールさえ守れば、どんな人でも受け入れてくれるそうだ。

ラフィ王国では考えられないが、この自由の国と呼ばれるヴェルタルでは女性一人でも普通に暮らすことができる。

明確なルールもなく安全面に不安もあるが、自警団のような組織があり、その人達を中心に統制は取れている。

『女、子供に手を出す奴は消す』

ヴェルタルを裏で牛耳るリーダー的存在『クリス』がそう宣言しているおかげで、女性も子供も自由に暮らせるらしい。実際、街の治安はとてもいいそうだ。

遠くて険しい道ではあったが、エデンの言う通り、ヴェルタルを選んで正解だったといえるだろう。

これからはここで暮らしていくことになる。とはいえ、まだまだ知らないことも多いので、雇ってくれるところと住む場所を早めに見つけたい。

こうして旅をしてみてわかった。ラフィ王国は国の中心部も豊かとはいえず、一方的な搾取に苦しんでいる人達が大勢いる。王都から離れれば離れるほどにどんどんと貧しくなっていく。貴族との貧富の差に目を塞ぎたくなってしまう。

あんな国で王妃になるよりも、少しくらい生活が大変で貧乏でも自由でいられる方がいいと心から思っていた。

このまま〝ローザ〟としてたくましく生きていこうと、この旅の間に腹を括ったのだ。

「これからは一人で生きていかなければならないから、頑張らないとね……アダンとエデンはこれからどうするの？」

問いかけるとエデンは何か言いたげにローザを見ていた。エデンの頭をいつものように撫でて言葉を待つ。

『――僕、やっぱりこれからもローザと一緒にいたい』

「エデン……!?」

アダンが驚きつつも声を上げた。

何かを視線で訴えかけているアダンは、エデンを険しい顔で見つめている。エデンも負けじとアダンをじっと見つめ返していた。

『でも、僕はローザと一緒にいたいんだ』

「俺達の目的を忘れたのか？」

『忘れてないっ！　そんな大切なことを忘れるわけないよ！　でもローザと一緒にいたって目的は果たせる』

「……俺達の目的はラフィ王国にある」

『だけどヴェルタルだって同じじゃないか！　それに力を取り戻すことが先決だって、アダンが言っていたでしょう？』

先程から何の話かわからずにローザは首を傾げていた。

（アダンとエデンの目的……？　二人は何か目的があって、ラフィ王国にいたの？　両親を探していたとかかしら。ヴェルタルも同じってことは、ラフィ王国かヴェルタルにいるのね。それに力って……魔法のこと？）

ローザが考え込んでいる間も二人のやりとりは激しくなっていく。

『今のままラフィ王国に行っても、また同じことになるだけだよ！　折角、ローザのおかげで自由になれたのに』

「……だが、それはっ」

『この状態でまたラフィ王国に向かうのは危険だ。一度きちんと考えてから動いた方がいい。それにヴェルタルにいたって目的は果たせるはずだよ』

アダンとエデンの関係性は、単純に見ればアダンが強いのかと思いきや、意外にもエデンの意見が通ることが多い。アダンは色々と口では厳しく言いながらもエデンに対しては過保護で心配性だ。

ただ自己犠牲を厭《いと》わないので、エデンによく怒られている。今までこれだけ一緒にいても喧嘩をしている姿を見たことがないが、今回はいつもよりも険悪な雰囲気にローザも戸惑いを隠せない。

『それに僕はもうアダンが痛めつけられているところを絶対に見たくないんだっ！』

「そんなものはどうでもいい！」

『どうでもいいわけないだろう⁉　いつも僕を守ることばかり優先して怪我ばっかりして！』

「その話は今は関係ないだろっ！」

『～～っ！　アダンのそういうところが嫌いっ！　アダンのばか！』

「なっ……⁉」

目の前で突然はじまった兄弟喧嘩。いつもは喧嘩になる前にどちらかが折れるのだが、今日は二人とも引く気はないようだ。今にも掴みかかりそうな二人の間に割って入ったローザは両手を広げた。

「二人共、もうやめましょう！」

『……ローザ』

「俺はこれ以上、ローザに迷惑を掛けたくないんだっ！」

「…………え？」

『僕だってローザに迷惑かけたくない。でも、できるだけローザの役に立てるように頑張るから！』

「そういう問題じゃない！　俺達がいるだけでローザの負担が増えるんだ。わかるだろう⁉」

いつも多くは語らないアダンの気持ちをはじめて知ることになるとは思わずにローザは驚きを隠せなかった。

（だからいつもどこか遠慮気味だったのね。何も欲しがらなかったのはアダンなりに気を遣ってくれていたのかしら）

『それはわかるよ……！　でも僕達だってできることを精一杯すればいいじゃん。それにローザといた方がいいことが起きるような気がするんだ！』

「わかってないっ！　それにそんなことをしている暇はないんだ」

『だって結局、力が戻らなくちゃ何にもできないでしょう⁉』

「だが時間がっ」

「ほら、二人とも落ち着いて……！」

まさか自分についていくか、いかないかでアダンとエデンが揉める日が来るとは思ってもいなかった。

『本当は……アダンだってそう思っているんでしょう？』

「違う……！　俺は別にっ」

アダンは唇を噛んで俯いてしまう。気まずい空気の中、このまま二人を放っておくこともできずに、アダンとエデンの顔を交互に見る。

正直に言ってしまえば、アダンがいたら心強い。それに明るく元気なエデンがいてくれたら毎日楽しく過ごせるだろう。

ここまで一緒に旅をしてきた二人がそばにいてくれたら嬉しいと思う自分がいる。

ローザの言葉は決まっていた。

「アダン、エデン……聞いて！　私はこれからもあなた達と一緒にいることができたら嬉しいわ」

ローザがそう言うとアダンは目をみはり、エデンは満面の笑みを浮かべている。

「アダンとエデンがよければだけど、またみんなで一緒に協力して暮らさない？　もし目的が他にあるなら、私が手伝えることがあれば手伝うから」

『本当!?　ありがとう、ローザ！　ほら、アダン』

「………っ」

アダンはチラリと確認するようにローザを見上げている。蜂蜜のような金色の瞳はゆらゆらと左右に揺れていた。

「……ローザがいいなら、俺はいい」

「ふふっ、アダンもエデンもこれからよろしくね」

アダンとエデンとの賑やかな日々はまだまだ続きそうだ。まずは腹ごしらえとヴェルタルに辿り着いたお祝いを兼ねて、近くの食堂へと立ち寄った。アクセサリーを売ったお金は、もうすぐ底を尽きてしまう。

食べ盛りのアダンとエデンを抱えていると、みるみる減るお金。それでも二人の細い体がふっくらとしていくのは嬉しかった。

いつものように情報を集めつつ、ある張り紙を見つけて目を凝らしてみると『女性限定、ウェイター募集中』の文字。

本当はヴェルタルの様子を見て回りたいが、お金がなければどうにもならない。

この場所はラフィ王国との国境付近で見つからないか不安は残るが、ロザリンダの顔を知っているラフィ王国の貴族達はヴェルタルを掃き溜めと見下しており、滅多に訪れることもない。

ロザリンダのチェリーレッドの髪は目立つかと思いきや、様々な種族が集まるこの場所では珍しくはないことに気づく。むしろ食事をしている人達を見れば地味な位だ。

それに髪をまとめて化粧をしなければ、以前のロザリンダとは程遠い印象になる。

（背に腹はかえられないわ。ここで働きましょう）

ローザは張り紙を持って食堂に働いている人に声を掛けた。人の出入りが激しい国境では、なかなか働き手が集まらずに常に人手不足で困っていたのだという。

そして運がいいことに住み込みで働けるそうで、国境近くのこの店に身を寄せることとなった。

店主であるティナは、大荷物を背負ってボロボロの三人を見ても、何も聞かずに温かく迎え入れてくれた。

「ここでの約束は一つだけ。アタシの店に不利益を及ぼさない！　以上よ」

そう言われただけで、本当に次の日から雇ってもらえたのには驚いた。

毎日、目が回るほどに忙しかったが充実した日々と安定した生活を手に入れた。贅沢な暮らしはできないけれど、三人で食べていくには充分な稼ぎを得ることができている。

それに前世の記憶の中でも似たような生活を送っていたためか、この生活に簡単に馴染むことができた。

予想外のことといえばティナの食堂で働いてすぐに、瞬く間にローザの美貌が注目を集めだしたことだ。目立たないように移動していたため、すっかり忘れていたがロザリンダは超美人だった。

今日もローザは、朝早くからティナの食堂で働くために家を出る。

「アダン、エデン、いってきます！」

「ん……」

『いってらっしゃい、ローザ』

朝から夕方までローザが働いているため、他人の前では喋れないエデンが基本的には家のことをしてくれている。エデンは頭に直接、語りかけてくるのだが、それはなるべく隠したい力で内密にしたいそうだ。アダンはすぐに仕事を見つけて働いている。

そんな生活を続けて半年くらい経った頃だろうか。ローザはある違和感に気づく。

「ねぇ……アダン、エデン。聞いてもいいかしら」

「……なんだ？」

『どうしたの？　ローザ』

「二人が前より……大きくなった気がするんだけど」

「…………」

『…………』

正確にいつとは覚えていないのだが、エデンとアダンの体がグンと成長していた。髪の長いエデンもう女の子に間違えられないほどに背が高く体格もよくなっている。そして不思議なことにローザは今までそれに気づくことはなかった。

出会った頃はアダンもエデンも八歳くらいの幼い子供だったはずだ。半年間で今は十八歳ほどの青年の姿になっている。

「普通じゃないか？」

『普通だよ？』

「でも明らかに半年前の服とサイズが違うじゃない……！　新しい服を買わないとダメよね？　どうして今まで気づかなかったのかしら」

「トムの息子達に着なくなった服をもらっているから大丈夫だ」

「アダンを雇ってくれているトムさんのこと？」

「そうだ」

相変わらず口数は少ないが、こうして会話が続くほどにアダンとの仲も良好である。エデンも髪を結えながら答えているが、明らかにズボンの丈が短くなっている。

それなのに周囲は当然のようにアダンとエデンを受け入れていた。

ローザも昨日まで二人の成長を当然のように思っていたのだが、出会った日にローザが間違えて買った女の子のワンピースを見つけた瞬間、夢から醒めるように違和感に気づく。

ティナに相談してみても『ここはヴェルタルだから、何でもありなのよ！』と楽しそうに言っているだけで誰に問いかけても疑問には思わないらしい。ローザにとってはそれが不思議で仕方なかった。

（私の感覚がおかしいのかしら……？）

考え込んでいると話を逸らすようにエデンが声を上げる。

『あっ、そうだ！　今日はローザが食べたいものを作るよ。買い出しに行くから何でも好きなものリクエストしてね』

「本当？　エデンの料理はどれも美味しくて大好きだから迷っちゃうけど、今日はシチューがいいわ」

『わかった。楽しみにしててね』

「エデンの料理を食べると疲れがなくなって、とても元気になるような気がするの。楽しみだわ」

『そ、そうかな？　愛情を込めて作っているからかも！』

「ふふっ、そうだったのね。いつも愛情のこもった美味しい料理をありがとう」

『ローザのためなら、僕は頑張るよ』

エデンはそう言って微笑んだ。

エデンの中性的な顔立ちは街の女性達に大人気で、買い物に行くとたくさんサービスをしてもらうらしい。

アダンは力があるため、重いものを運んだり、建物を作るのを手伝ったりと幅広く活躍している。男性達から弟分として可愛がられているようだ。

そんな急激な成長も他の人達は、何の違和感もなく受け入れている。まるで二人の見た目に合わせて記憶が調整されているようだと思った。

「やっぱり二人とも背が高くなったような気がするんだけど」

『またその話……？　ローザ、そろそろ出ないと仕事に遅れちゃうよ』

「いくら成長期でも半年でここまで大きくなるのは、おかしい気がするのよね。二人とも何か私に隠してることがあるでしょう？」

『ローザ、僕達は……』

アダンとエデンは困ったように顔を見合わせている。

理由は気になったが、何やら言えない事情があるようだ。二人の表情を見る限り、無理に聞き出さない方がいいだろう。

それにローザ自身もアダンとエデンに過去を話したことはない。正体を知らないままで一緒にいるのはお互い様なのだから。

「ごめんなさい。詮索するつもりはなくて……。でもアダンとエデンのことを何も知らないのが少し寂しく感じただけなの」

「……！」

『ローザ……』

「たとえ何も知らなくても私の大切な家族なことには変わりないもの！　私は二人を信頼しているわ」

そう言って微笑むと、二人は驚いた後に嬉しそうにしている。

あんな出会い方ではあったがアダンとエデンとこうして一緒に過ごせることは幸運だと思っていた。でなければ今頃、あの男達に身包み剥《は》がされて奴隷になっていたに違いない。どんなに知識があったとしても貴族の令嬢として生きてきたロザリンダには抗《あらが》う力はないのだから。

「二人には感謝してもしきれないわ。私と一緒にいてくれてありがとう。毎日がとても楽しいの」

「家族……」

『ローザは本当に僕達の家族になってくれるの？』

「えぇ、あなた達がよければだけど」

『へへっ、嬉しいな……ね？　アダン』

「…………別に」

『アダンは素直じゃないなぁ。誰よりもローザが好きなのに』

「え……？」

顔を真っ赤にしたアダンはエデンの言葉を否定することはない。嬉しさが込み上げてきて、ローザは二人を思いきり抱きしめた。

「私もあなた達が大好きよ」

『僕もローザが大好きだよ』

「エデン、ありがとう」

「〜〜〜っ」

こんなに短い期間しか共にいないのに、二人とは本当の家族のようだった。

（……あの人達とは大違いね）

ローザはラフィ王国での記憶を振り払うように家を出て店へと向かう。

「ティナさん、おはようございます！」

「ローザ、待ってたわよ！　今日も忙しくなりそうね」

「はい」

「ローザのおかげで売り上げが倍だもの……！　本当に感謝してるわ」

「こちらこそ、ティナさんのおかげで三人共お腹いっぱいご飯を食べられます」

「ここは自由の国、ヴェルタル。好きなだけここにいていいのよ？」

「ありがとうございます！」

ローザはエプロンを着けてから、すれ違う従業員に挨拶をしていく。ティナの食堂での仕事は注文をとったり料理を運ぶこと。前世の記憶があるからかスムーズに仕事を覚えることができたのだが、ティナにどこかで経験があるのかと問われた時には適当に誤魔化すしかなかった。

アダンはティナが食材の仕入れに行く時に、荷物を持つためにティナと共に出掛けることもあり、エデンも人手が足りない時は皿洗いを手伝っていた。

ティナには『よくあんなに美味しそうな男達と一緒にいて襲わないわね』とも言われるのだが、ローザの頭の中ではアダンとエデンは少年の時の可愛らしい姿のままだ。ティナと話している時にアダンとエデンの話題が出る度《たび》にティナはそう言っている。

「アダンとエデンは大切な家族ですから」

「本当にそうかしら？　そのうちローザが襲われたりするかもよ？」

「誰にですか？」

「アダンとエデンに決まってるじゃない！」

「アハハッ！　ティナさんったら、また面白い冗談ばっかり。そんなありえないですよ」

「……あらあら」

ティナは複雑そうな顔をして首を横に振った。そして「……あの子達も苦労するわね」と言いながら苦笑いを浮かべる。

「――ローザちゃん、ビールくれッ」

「ローザ、こっちにも二杯追加！」

「はい、ただいまお持ちします……！」

ローザはニコリと笑ってから片手で大きな木製のビールジョッキを複数個持ち、もう一方の手で大皿に乗った料理を運んでいく。

お昼はローザ目当ての客で溢れ返っている。夜ほどは活気がなかった昼の営業も、ローザが来てからはまるでフロアに花が咲いたかのように明るく賑やかになったそうだ。

日が落ちても客足は増えていくばかりで減りはしない。皿を運びながらグラスを片付けているとティナから声が掛かる。

「ローザ、そろそろ上がっていいわよ」

「でも……」

「もう十分よ！　それにアダンとエデンが待っているでしょう？」

「はい、ありがとうございます！」

ローザはエプロンを取ってから頭を下げた。するとフロアから残念そうに声が上がる。その人達に向けて手を振れば「こっちに来なよ」「一緒に飲もうぜ」と、ローザを誘う陽気な声が聞こえる。

食事中心の昼とは違い、夜は酒場になるため違う絡み方になってくる。

給金が上がるならと昼から夜へとシフトを移してもらおうとしたが、何故かティナに却下されてしまう。

理由は『アタシは大歓迎だけど、アダンとエデンに怒られちゃうし』とのことだった。

不思議に思ったローザがアダンとエデンに聞いたところ夜に働くのは危ないからと大反対。少しでもアダンとエデンにいい暮らしをさせてあげたいと思っていたのに残念だ。

ローザの背後からティナが客達に向かって「あら、アタシじゃ不満？」と言うと、その場は更に盛り上がっていく。

夜は百戦錬磨のティナがフロアを担当している。

黒曜石のような美しく長い髪と薔薇のような真っ赤な瞳は妖艶で、肩が開いた体のラインにそったワンピースにエプロンとしいうセクシーな格好で接客していた。ティナは豊満な胸と抜群のスタイルで大勢の男性客を虜にしている。女性客もティナに恋愛相談をしにくるそうだ。

ローザは厨房で働く人たちに挨拶をしながら店の裏の扉へと足早に向かう。

扉に手をかけて外に出ようとした時だった。

「――あのっ、ローザさん！」

名前を呼ばれてローザが後ろを振り返ると、銀色のウェーブがかかった、モコモコと羊のような髪が目の前にあった。分厚い前髪で目元が見えない猫背の青年が立っている。

「ミゲル……！　もう仕事は終わりなの？」

「いいえっ、違うんですけど……休憩で」

「そう、どうしたの？」

「えっと、その……」

モジモジしながら瞳を右往左往させているミゲルの顔が真っ赤になっていく。口ごもって何かを伝えようとするミゲルの言葉を待っていた。ミゲルはローザがこの店で働きはじめてからすぐ後に厨房に入った。歳もローザと同じくらいで照れ屋な青年だ。

いつもモジモジとしているミゲルは竜人族だが、ローザが今まで見てきた豪快で力強そうな竜人族とは全く違う。

ミゲルはこの気弱な性格とツノが小さいことで兄弟から馬鹿にされ続けて、何もできない自分が嫌になり国を出たのだと少しだけローザに話してくれた。

一見すると人族にしか見えないことをとても気にしている。竜人族はツノの大きさを何よりも重要視しており、相棒の竜の強さにも関わってくるといわれている。ミゲルは小さなツノのせいで自分に自信が持てないのだと教えてくれた。

竜と共に育っていく場合もあるそうだが、ミゲルの近くに竜がいるのを見たことがない。

「いっ、今、お時間よろしいでしょうか？」

「少しなら大丈夫だけど……」

ミゲルはグッと拳を握ると、真っ直ぐにローザを見てから震える唇を開いた。

「ローザさん、僕っ！　あ、あの時からローザさんに……言いたいことがあって」

「あの時……？」

あの時とはどの時のことを指しているのだろうとローザが考えていた時だった。

「――ローザッ！」

「アダン……？」

名前を呼ばれた後に急に腕を引かれて、抱き込まれるような形でアダンの胸元に顔が激突する。すぐに顔を上げるとアダンは鋭い視線でミゲルを睨《にら》みつけているではないか。

「アダン、仕事はどうしたの？」

「とっくに終わった。遅いからローザを迎えに来たんだ」

「アダン、ちょっと待っててね……！　ごめんなさい、ミゲル。話の途中だったわよね」

「えっと、また今度でいいです」

「そうなの？　でも……」

「ローザ、行くぞ」

「ちょっと待って、アダン……！　ごめんなさい、ミゲル。また今度、話しましょう」

「は、はいっ」

アダンに引き摺られながらもローザは振り返ってミゲルに手を振った。ミゲルはヘラリと笑ってぎこちなく手を横に動かしている。ぐんぐんと歩いていくアダンを引き留めるように声を掛ける。

「アダンッ、ちょっと待ってよ……！」

しかし、いくら名前を呼んでもアダンは止まってはくれない。暫《しばら》く無言で歩いて行き、立ち止まったアダンが厳しい表情で振り返る。

「アダン、もしかして怒ってる？」

「……………」

「遅くなってごめんなさい。今日はとても忙しくて」

「あの男は誰だ？」

遅くなったことに怒っているのかと思いきや、一緒にいたミゲルのことを聞かれて拍子抜けしてしまう。

「厨房で働いているミゲルよ。とても働き者なの」

「ふーん」

聞いておいて全く興味がなさそうな返事だ。そのまま無言で家までの道を歩いていくと、髪を結ったエデンがホッとした表情で手を振っている。

『アダン、ローザ……！』

「エデン、ここまで迎えに来てくれたの？」

『うん、そうだよ。アダンは随分と機嫌が悪いみたいだけど、何かあったの？』

「私にも理由がわからないの」

するとむくれているアダンがエデンの前に手を伸ばす。エデンがアダンの手を包み込むように掴んでから目を閉じると金色の光が見えた。その少し後にエデンは納得するように頷いている。

『ああ、なるほどね。厨房で働いてるミゲルがローザと何か話してたことが気になるんだね。ローザ、心配ないよ。アダンが不機嫌な理由は……』

「おい、エデン……！」

アダンがエデンの口を塞いでいる。二人が楽しそうに戯れている姿を見ているとローザは幸せな気分になった。

それにエデンはたまに厨房で皿洗いを手伝っているのでミゲルと面識はあるのは納得できる。

その場にいなかったエデンが先程のやり取りをわかる理由は、エデンは手を握るだけで、相手の考えている脳内の映像が見えるからだそうだ。これはエデンしか使えない特別な魔法らしい。今もエデンはアダンの手を握っただけで、ミゲルと話をしていたことを理解していた。

この力がわかった時、エデンは『ローザ、怖がらないで！』と言って、魔法に馴染みがないローザを気遣ってくれた。

だがローザは、ヴェルタルで働いてから毎日が驚きの連続で、エデンの力に対して過剰に驚くことはない。

様々な種族が住んでいるヴェルタルでは肌の色や体の形も個性的で違っている。見たことない人達ばかりで、毎日が新しい発見の連続だ。

色々な力や能力があって、信じられない出来事が当たり前のように目の前で起きる。毎回ひっくり返りそうになっていたが、今では何があっても動じなくなってしまった。

獣人に竜人にドワーフに妖精族、珍しいエルフだってもう三度も見たことがある。

魔族にはまだ会ったことがないが、彼らは人間に擬態しているので魔法が使えないローザには気づけないそうだ。ティナは『案外、近くにいるかもよ？』と、言って笑っていた。

アダンとエデンのことはよくわからないが、ローザは二人が種族でも構わないし、詮索するつもりもない。互いにわからないことばかりだけれど、いつか二人のことを知れたらいいなと思っていた。その時にローザの過去の話もできる機会があったら、その時は辛い過去を全て忘れて笑い合える日が来るだろう。

（今はこのままでいい。いつかきっと……）

ローザは言い争いをしている二人の手を握って、前へと足を踏み出した。

「アダン、エデン、家に帰りましょう！　私、お腹《なか》ぺこぺこなの。今日はエデンのシチューを食べたくて頑張って働いたのよ？」

『そうだね。早く行こう』

「ああ……」

三人で談笑しながら家に戻る。


いつものように三人で食事をした後、アダンとエデンは体を綺麗にするために部屋を出たローザを送り出した。

その後、アダンは感覚を確かめるように手のひらを握ったり開いたりを繰り返す。エデンも胸の辺りに触れてから確認するようにアダンと目を合わせた。

「力が戻ったか……」

『そうみたいだね』

互いの手を握り目を閉じた。

「俺はそろそろ動く。自分達のやるべきことをやらなければ」

『交代しながら行こう。ローザを一人にしたくないし、心配するだろうから』

「そうだな……だがエデン、お前の力は戦闘向きじゃない。一人は危険だ」

『大丈夫だよ。それにこれは僕自身の力で成し遂げなければならない。アダンもそれはわかっているでしょう？』

アダンは眉を寄せてから、ゆっくりと頷いた。

「わかった。あの国は俺に任せてくれ」

『……うん。ごめんね、アダン』

「ローザを頼む」

『わかった』

二人はローザが戻ってくるまで話し合いを続けた。

＊　＊　＊

ローザはいつも通り忙しい日々を送っていた。

昼のピークを過ぎた後、遅めの昼食を食べにやってくる獣人のグループ客がいる。他に客がいない時は、仲の良い常連達といつも他愛のない話をして盛り上がっていた。

そんな時、たまたまではあるがラフィ王国の話になり、貴重な情報を聞き逃すまいと何も知らないフリをしてローザは問いかけた。

「ラフィ王国は今、どうなっているのですか？」

「わたし、面白いことを知ってるわ！　人間の国では今、王子様がとても大変なんですって」

「その話、オレも聞いたぜ。婚約者が罪を犯したから追い出したんだろう？　んで、別の恋人と結婚しようとしたらうまくいかなかったらしいな」

「……っ⁉」

「そうそう。本当に人間って不思議よね」

どうやらロザリンダが出て行った後、エリオットはオリビアと結ばれていないと知ってローザは首を傾げた。

（二人の仲はうまくいっていないの？　どうしてロザリンダを追い出したのに婚約しなかったのかしら）

原作とは違う流れに驚いていた。あの後オリビアとエリオットは結ばれてハッピーエンドではないのだろうか。続編もあったようだが、二人が結ばれた後にどうなるのかは読んでいないので知らないままだ。

「それにな、どうやら追い出した婚約者は無実だったんだとよ」

「まぁ、可哀想に……私ならそんな浮気男を絶対に許さない！　噛み殺してやるわ」

「おー……怖い怖い」

「国王と公爵がカンカンに怒っているんだってさ。それでも王子様は殺されないなんてすげぇよな！　ウチの国ではまず考えられねぇな」

「アハハッ、本当ね！」

ロザリンダの記憶にある国王と王妃の姿を思い出す。二人は王家のために身を粉にして働き、役に立とうとするロザリンダを気に入っていた。

ロザリンダは、エリオットが他の女にうつつを抜かしていても、自分の立場を守るためには我慢しなければと思っていた。絶対に王妃になりたかったからだ。

王妃はよくロザリンダを気に掛けていた。そしてエリオットのことを申し訳なさそうにしていたが、今思えばビビエナ公爵と国王に事実が伝わることを恐れていたのだろう。

国王は気難しく厳格な人物で、身内だろうが容赦なく切り捨てるような冷めた一面も持っている。だからこそ王妃は、エリオットの粗相《そそう》を表に出すわけにはいかなかった。

国王は貴族社会を維持するために相当な労力や金を使っている。ラフィ王国があのようなひどい状況でも手を差し伸べることはない。治安は悪くなるばかりで奴隷制度も一種のステータスのようなものだと考えている。

そんな国王はエリオットに昔から相当厳しく接していたようだ。

一方で歳が離れた弟のマリオは、あまり干渉されることもなくのびのびと育ったためか大らかで優しい性格だった。高圧的なエリオットとは違い、貴族達からも高い人気を得ている。

今回、ロザリンダが冤罪だと判明したことで、エリオットはビビエナ公爵にも国王にも責められたに違いない。加えてオリビアとうまくいっていないとなるとエリオットは今、相当追い詰められているはずだ。

ローザは話題を変えるようにフサフサの尻尾を揺らしている獣人に問いかける。

「ちなみに獣人の国ではどんな感じなのですか？」

「俺らの国は単純さ！　人間のように複雑じゃない。今はライオネット国王が国を支配しているんだが、より力が強いものが上に立てるんだ」

「そうなんですね」

「獣人の国は力があるものが正義だ。いい国なんだが、なかなかに血生臭い」

「そうね、その通り！　でも単純でわかりやすいわ」

「おいローザ、ステーキのおかわりを持ってきてくれ！」

「はい！」

苦笑いしながらもローザは料理を持ちに向かう。そして出来上がった料理を持って再び席に戻ろうとした時だった。

「そういえば、さっきの話には続きがあってさ。今更、血眼になって元婚約者を探してるんだって！」

「……っ⁉」

「もうどっかで死んでるだろう？　人間は弱いからな。どうしてそんなに諦めが悪いんだよ」

「その元婚約者の両親が期限を一年設けて、その一年以内に元婚約者を見つけなければ王位を継げないそうだ」

「へぇー、その王子様は頑張るしかないんだな」

「お前、なんでそんなこと知ってんだ？」

「なんでも有力な情報を持っていけば、金をくれるんだとよ」

その言葉を聞いて、ローザは足を止めた。

（……そこまでして、生きているかすらわからないロザリンダを探してるの？）

今のままであれば、エリオットがロザリンダを見つけない限り国王になるのは難しい。王太子という地位にプライドを持っているエリオットは死に物狂いでロザリンダを探そうとする。

何故ビビエナ公爵がそんな条件を出したのか……。ロザリンダが見つからなければ王家につけ込む理由にもなる。運良く見つかれば、どこかに嫁がせて再び利用するつもりなのだろう。

（どちらに転んでも損はない……ロザリンダが心配だからじゃない。結局は全部自分達のためなのよ）

エリオットが自滅したとしても、弟であるマリオに嫁げと言われそうだ。予想もしなかった状況に焦りを感じていた。

（今のところ誰にも見つかってないけれど、噂がここまで広がっているということは、半年のうちに国内は探し終わったのかしら。ヴェルタルに誰かが来るのも時間の問題かもしれないわ）

貴族のロザリンダと今のローザは性格も雰囲気も違うが、髪色や瞳の色などは隠しきれない。今は濃い化粧もしていないし、なるべく髪の色が見えないようにスッキリと結って三角巾のようなもので隠して対応している。そもそも貴族の令嬢がこんな場所で働いているとは思わないだろう。

だけどもしエリオットに見つかってしまったら……そう考えるだけでゾッとした。

（……この国から出た方がいいの？　でもアダンとエデンに黙って出るわけにはいかないし）

「ローザ……？」

「おーい、ローザ！」

「あっ……はい！」

名前を呼ばれて反射的に笑顔を作る。

「すみません！　お待たせいたしました」

誤魔化すように料理を運んで、ローザは震える腕を押さえながらその場を去った。

（大丈夫、見つかるわけがない）

そう言い聞かせても胸騒ぎはおさまらない。


忙しい一日が終わり、ローザは仕事を終えて帰り道を急いでいた。

今日は特に忙しく、空は暗くなり建物には明かりが灯っていた。嫌でも昼間の会話が頭を過ぎる。

（もし本当にエリオット達がロザリンダを探しているのだとしたら……）

貴族の令嬢として育ってきたロザリンダが隣国にいるとは思わないだろうが、万が一ということも考えられる。

ロザリンダをよく知っている人が見れば、見た目や性格が違ったとしても見破られる可能性がある。

やはり今からでも国を転々としていた方が見つかるリスクは低いだろうか。だが、アダンとエデンと離れてヴェルタルを出るなんて考えられない。それにティナへの恩もある。せっかくできた居場所を手放したくはない気持ちは大きい。

あと半年のタイムリミットが来るのを待つことしかできないのは、やはり不安だった。ローザが暗い気持ちでトボトボと歩いていると、石鹸のいい香りが鼻を掠める。

顔を上げると、エデンが大きく手を振っている。どうやら今日はエデンが迎えに来てくれたようだ。ローザは安心したように息を吐き出した。

「エデン、ただいま」

『おかえり、ローザ』

エデンの声を聞くと、強張っていた体から力が抜けていくような気がした。

家の中に入ると、先程の不安は嘘のように消え去っていく。エデンの優しい笑顔を見ていると、嫌なことも忘れられる。

『今日はとても疲れた顔をしてるね。何か辛いことでもあった？』

「忙しくて少し疲れただけよ」

エデンの金色の髪は、いつの間にか腰に届くほどに長くなった。いつもは一つに結えているが、今日は珍しくおろしている。魔法の力を高めるために伸ばしているとエデンは言っていたが、アダンは短いままだ。魔法にも色々とあるんだな、とローザは思っていた。

エデンの骨ばった大きな手が、ローザの冷たくなった手をそっと包み込む。温かい体温がじんわりと沁《し》みていく。

「ありがとう……エデン。なんだかとても元気になったわ」

『どういたしまして』

やはり先程のことを二人に話してみようとアダンの姿を探す。ふとテーブルを見ると、二人分の料理しか並んでいないことに気づいて首を傾げた。

そういえば、考え事をして気づかなかったが、いつも仕事が終わると大抵、店の前で待っているアダンが今日はいない。それにこの時間に家にいないのは初めてのことだった。

「エデン、アダンは……？　今日は仕事が忙しいのかしら？」

すると、エデンは困ったように笑みを浮かべた。

『あのね……ローザに大切な話があるんだ。食べながら話すよ』

エデンに促《うなが》されるまま、ローザは椅子に腰掛ける。

大切な話とは、アダンがいないことと何か関係があるのだろうか。

『ローザ……実は僕達はある大切な仕事を任されてラフィ王国を訪れていたんだ』

しかしエデンが騙されて拐《さら》われたことで、仕事がままならなくなってしまったらしい。

弱った状態で隙をついて逃げ出そうとしたが再び捕まってしまい、魔法を奴隷商人の前で使うわけにもいかずに、あのような状態になってしまったそうだ。

ローザはスープを飲みながら、真剣に話すエデンの言葉にゆっくりと相槌を打っていた。

エデンは申し訳なさそうに、自分の持つ魔法が戦闘向きではないばかりにアダンに迷惑をかけてしまったと語った。

『……僕の力は、アダンとは全然違うから』

恐らく、エデンは回復魔法のようなものを使っていると前々からローザは思っていた。

先程も触れただけでローザの心にあった不安が柔らぎ、疲れが軽くなる。いつもエデンの作った料理を食べて元気が出るのも気のせいではないはずだ。

そしてアダンが力を使いすぎて倒れた時も、エデンの魔法でアダンは目を覚ましていた。

確かにアダンのように敵を薙ぎ払えるようなものではないかもしれないが、エデンにはエデンしかできないことがある。落ち込むエデンの手をローザはそっと包み込むように握る。

「ねぇ、エデン……あなたの力は詳しくわからないけれど、私はエデンにたくさん助けられているわ」

『え……？』

「誰にだって得手不得手があるものよ。確かにエデンの力はアダンとは違うかもしれないけれど、とても素晴らしいと思うの」

『……ローザ』

「だって私がこうして毎日元気で楽しく過ごせるのは、こうしてエデンが支えてくれるおかげでしょう？」

エデンは驚き目を見開いた後、ふんわりと柔らかい笑みを浮かべる。

『ありがとう。とても元気が出たよ。それと以前、ローザに僕達の体が大きくなった理由を聞かれたことがあったよね？』

「えぇ……」

確かにアダンとエデンはいきなり可愛らしい少年の姿から、十八歳くらいの青年の姿になっている。それに合わせて周囲の記憶も変わっていったことをずっと不思議に思っていた。

『僕達はローザと一緒に過ごしたことで、徐々に力が戻って姿も変わったんだ』

「力が、戻る……？」

『つまりね、ローザのおかげで僕達は仕事を再開することができるんだよ』

「……？」

エデンは嬉しそうに言っているが、その言葉の意味はいまいち理解することができない。二人の持つ本来の姿と力は、ある理由から限りなく抑えられているそうだ。

「ラフィ王国から出たから、本来の力を取り戻せたということかしら？」

その問いかけにエデンは静かに首を横に振る。

『詳しくはアダンがいる時に話すよ。仕事が終わるまでは内密にしなければいけない決まりなんだ。秘密ばかりでごめんね。でもいつか絶対に話すから！』

必死に訴えかけるエデンの手を握り、ローザは頷いた。エデンはホッと胸を撫で下ろしている。

「それでアダンはいつ帰ってくるの？」

『そのことなんだけどアダンはもうラフィ王国へと向かったんだ』

「アダンがラフィ王国に……っ⁉」

ローザは思わずバンッと机を叩きながら立ち上がる。ガチャンと食器が跳ねる音が聞こえたが、今はそれどころではない。

仕事とはいえ、アダンが一人でラフィ王国に行くことで傷つかないか、また捕まらないか……一人の仕事というのがどんなものかはわからないが、ローザは不安や心配で頭がいっぱいになる。

「どうしてそんな危険なことを！　それにまた捕まったりしたらどうするの⁉」

『力が戻ったアダンは強いよ。もう絶対に捕まったりしない。それに僕が足手纏《まと》いにならないし、一人の方が動きやすいだろうから』

「……エデン」

『本当は僕も心配なんだ。でもアダンなら絶対に大丈夫だって信じてる』

エデンの言葉にローザは頷いた。そしてアダンと交代しながらエデンも仕事に行かなくてはならないと言われてローザは動揺してしまう。

『僕はヴェルタルを回るつもりだよ』

「でもエデンは……！」

『大丈夫だよ。僕だってアダンに頼ってばかりはいられないから頑張らないと。今度は細心の注意を払って、自分の身は自分で守るよ。二人で手分けしてやれば、すぐに終わると思う』

「そんな……」

『今日から半年間くらいは、こうして交互に出掛けることを繰り返すことになる。でもこの仕事が終わったら、ローザに全部話すよ。びっくりすると思うけど聞いて欲しいんだ』

「……全部？」

『うん。そこで僕達が隠してきたことを全て明かすから』

エデンの金色の瞳は真っ直ぐにローザを見つめていた。

少しだけ考え、ローザは頷く。アダンとエデンが絶対にやらなければならない仕事があるなら、今は応援するべきだろう。

タイミングが悪いことに、アダンとエデンに相談できるような状況ではなさそうだ。それにローザもあと半年を無事に過ごせれば、もう追われることはない。

（二人は今、大変な時期なのね……尚更、私のことで心配を掛けちゃいけないわ。半年後には、きっと笑顔でお互いのことを話せる日が来るはず）

そう思ったローザは顔を上げた。

「私も半年後にアダンとエデンに話したいことがあるの！」

『……ローザも？』

「きっと驚くと思うわ」

『そっか！　なら半年後が楽しみだね』

「ふふ、私も楽しみよ」

お互いに触れられなかった部分を半年後に知ることができる。ローザは魔法を使えるわけでもないし、大した秘密はないけれど、アダンやエデンと出会うまでの話ができたらいいなと思っていた。

数日後、ティナの食堂に向かう途中、肩を落としながら歩くトムと会った。理由を尋ねると、どうやらアダンがいないことで全然業務が捗らなくなったそうだ。

「暫《しばら》くは顔を出せない」、アダンにはそう言われたようで寂しさからか激しく落ち込んでいた。

そしてアダンが帰ってきたのは、一ヶ月半ほど経ってからだった。すぐに入れ替わるようにしてエデンが出掛けて行く。

アダンは最後までエデンを心配していたが、エデンは大丈夫だからと笑顔で手を振っていた。

エデンが心配なのか朝からどこかうわの空のアダンを置いてティナの食堂に向かうと、幅広い年齢層の女性達が店の前に群がっていることに気づく。

挨拶をして店内に入ろうとすると、ローザの姿を見た途端、次々に女性達が何かを言いながら押し寄せてくる。

ローザは揉みくちゃにされながら何とか店の中へ。そして女性達は扉の向こうで何かを必死に問いかけている。耳を済ませてみると……

「アダン君はどこにいるの？」

「エデンさんは元気にしてますか？」

「もしかしてエデンちゃんは病気に⁉」

「アダン様に頼みたいことがあるんですっ」

全てアダンとエデンに関することだった。

どうやら前まで頻繁に買い物に来ていたエデンが顔を出さなくなったことや、姿が見えなくなったアダンが気になっているらしい。

エデンはアダンが出掛けた日から夜遅くまで部屋で何かをしているようだった。そんな忙しそうなエデンを見て、最近は買い物や食堂からあまり物を貰ってきたりとローザもできることは手伝っていた。

アダンも半年後までは今の仕事に集中したい、家にいる間は力を溜めるためにも休息を取りたいのだと申し訳なさそうに言っていたことを思い出す。

「なら、その間は私が二人を支えなくちゃね」

「……ローザ、すまない」

「任せて！　二人は仕事を頑張って」

『本当にありがとう、ローザ』

　アダンはエデンを見送ってから、ずっと眠り続けている。勝手にアダンとエデンの事情を話すわけにもいかずに……というよりはローザも詳しい理由を知らないため「半年程は忙しいみたいですよ！」と説明すると、女性達は渋々納得してくれたのか店の前から去って行く。

　ローザはアダンとエデンの人気を目の当たりにして暫《しば》く呆然としていた。すると店の奥からティナがやってきてローザの肩に手を置いた。

「……ローザ、アンタ大変ね」

「アダンとエデンがモテることは知っていたんですが……これほどとは思いませんでした。さすがにびっくりです」

「アタシは何事もなく過ごしている鈍いローザにビックリよ」

　困ったように笑ったティナはふと眉を顰めた。

「ねぇローザ、最近ちゃんと休めてる？　それとも何か心配事？」

「え……？」

「だって顔色が悪いもの。無理しないでちょうだい！　うちの看板娘には元気でいて欲しいの。それになんか嫌な予感がするのよねぇ」

「嫌な予感、ですか？」

「…………女の勘よ」

そんなティナの忠告をローザは不思議に思っていた。

ローザが仕事を終えて買い物をしてから家に帰ると、なんとエデンの代わりにアダンが台所に立っていた。

「ただいま、アダン。いい匂いね。もしかしてご飯を作ってくれたの？」

「ローザ……おかえり」

「……あぁ、でも失敗した」

テーブルの上には乱雑に切られた野菜を炒めたものと、焦げて黄身が潰れた目玉焼き。その横には少し焦げたパンが置かれていた。アダンが一生懸命作ってくれたのだろう。指には何枚ものテープが貼られている。ローザはお礼を言って席に着いてから「いただきます」と手を合わせた。

フォークで野菜を刺すとちゃんと切れていないのか繋がっている。口に運んでから噛んで食べ進めていくが、目の前でアダンは申し訳なさそうにしている。

「アダンは食べないの？」

「エデンのように綺麗にできたらよかったんだが……すまない」

「ふふ、そんなこと気にしなくていいの。アダンの作ってくれたご飯はどれも美味しいわ」

「気を遣わなくていい」

そう言いながらアダンも乱暴に野菜を口に運ぶ。見た目は綺麗とは言えないが、味はシンプルでとても美味しい。アダンも驚いているようだった。

「美味しいでしょう？」

「……ん」

アダンは無表情ではあるが嬉しそうに見える。エデンが帰ってくるまでの間、アダンの試行錯誤は続いた。毎日、どんな料理が出来上がるのかを楽しみにしていると、二週間ほどでエデンは家に帰ってきた。

アダンが料理をしたことに驚いたが、とても嬉しそうにしている。エデンと交代するように、再びアダンがラフィ王国に出掛けて行く。

交互に出かけて休んでを繰り返して、あっという間に半年が経とうとしていた。

三章　迫る危機

エリオットは生きているか死んでいるかもわからないロザリンダを探し続けていた。奴隷になっている可能性もあるため、ロザリンダの髪色や瞳の色を話しながら奴隷商人に聞き込んで回る。

金をばら撒《ま》いて情報を集めていたが、ラフィ王国ではチェリーレッドの髪は目立つはずなのに、不思議と目撃情報はあがらない。

そもそもこんな広大な国で一人の人間を探し出すのは不可能だ。どこを探してもロザリンダの姿はない。

「――クソ、クソッ！」

「エリオット殿下、落ち着いてくださいっ」

「落ち着いてなどいられるかっ！　俺の未来が消えかけているんだぞ!?　他に情報はないのか？　何でもいい……あの女を見つけなければ俺の立場はっ」

ハリーはエリオットの言葉に黙ったままだった。このままでは弟のマリオが王位を継ぐことになってしまう。

そうなれば、エリオットは笑い者になるに違いない。父もビビエナ公爵の意見を無視することはできないと廃嫡への道は着々と近づいている。

エリオットはあの時の自分の軽率な行動を悔いていた。あのままロザリンダを追い出したりせずに、城に捕らえておけば、ビビエナ公爵にこうして脅されることもなかった。

ビビエナ公爵だってロザリンダに処罰を下すことに異を唱えなかったくせに、冤罪だとわかった瞬間に手の平を返したのだ。

今となってはロザリンダと結婚して、己の立場を確立してからオリビアを迎え入れた方がよかったと思っていた。そうすれば面倒なことはロザリンダに全て押しつけて、オリビアと幸せに暮らせたかもしれないのに……

こんな回りくどいことをしなくて済んだかもしれない。

そもそも真犯人が見つからなければよかった。そうすれば、ここまで追い込まれることはなかったはずなのだ。

そんな状態が半年も続き、約束の一年を迎えようとしている。

もうすぐビビエナ公爵が設定した期限を迎えてしまうと焦りを感じていた。そんな時、勢いよく扉が開く。

「エリオット殿下ッ！」

「……マーシャル？」

ロザリンダの捜索に関わっており、エリオットの幼馴染で騎士団長の息子のマーシャルが肩を揺らしてこちらにやってくる。

「ロザリンダ様らしき女性を見つけたぞ！」

「…………な、なんだと⁉」

「マーシャル、それは本当ですか？」

エリオットはマーシャルに掴みかかるようにして問いかける。雲に覆われていた空に一筋の光が差し込んだようだ。

「あぁ、隣国まで目撃情報をかき集めたんだ。以前の姿とはかけ離れていたが、目鼻立ちや髪色、瞳の色がロザリンダ様と一致していた」

「よくやった、よくやったぞ、マーシャル！　それでロザリンダは今どこにいる？」

「隣国のヴェルタルの国境近くの食堂で看板娘として働いているそうだ」

「は……？」

「ま、まさかヴェルタルに？」

「信じられない……あの無法地帯でロザリンダが働いているというのか？」

ヴェルタルは別名『自由の国』とは呼ばれているが、はみ出し者や訳ありの奴等が集まるゴミ溜めのような場所だ。

それに腕の立つ騎士がヴェルタルに行ったのならばまだしも、ロザリンダのような無力な令嬢が一人で辿り着くことなどできるだろうか。

「……別人ではないのか？」

「我々も目を疑ったが、確かな情報だ。チェリーレッドの髪の美女が看板娘として働いていると。瞳の色も同じで年齢も近い。ロザリンダ様に間違いない！」

「あの女は公爵令嬢だったんだぞ⁉　平民の真似事ができるはずがない。それに女一人でヴェルタルまで行ったというのか？　ありえないだろう……？」

「だが、ロザリンダ様は実際にヴェルタルで平民として暮らしているようだ」

「平民だと……？」

エリオットが知っているロザリンダは、プライドが高く王妃の座に執着している卑しい女だったはずだ。平民になど死んでもならないと言いそうなものだが、本当なのだろう。

マーシャルの言葉に驚愕していたが、ロザリンダが見つかったことにエリオットは安堵する。

（ロザリンダを取り戻せば全て元通りだ！　ハハッ、俺は天に見放されていなかった……！）

今までの苦労が一瞬で報われていくような気がした。エリオットは額を押さえてくつくつと喉を鳴らす。

「今すぐロザリンダの元へ行く……！」

「ですが、陛下に許可をっ」

「ヴェルタルに行くのにそんなものは必要はない。ハリー、マーシャル、早く準備しろっ！」

部屋にはエリオットの怒号が響いていた。マーシャルは、ずっとロザリンダを探していたため、エリオットに会うのは久しぶりになる。血走った目で肩を揺らす変わり果てたエリオットの姿を見て、呆然としているようだ。

「王太子であるあなたが陛下の許可もなしに動いてはなりません。危険を伴います！」

「その王太子という肩書きすら、俺は剥奪されそうになっているんだぞ!?　それもこれも全てあの女のせいでな……！」

当然のように言い放つエリオットの言葉を聞いて、ハリーは首を横に振る。

「しかし、エリオット殿下が自ら出向かなくとも、マーシャルに任せた方が……」

「もしもその女がロザリンダならば絶対に連れ戻してみせるっ！　絶対だ」

「……っ」

「俺があの女を連れ戻す！　今度は間違えない。それに偽物を連れ帰った方が問題になるだろう？　俺は二度と同じ間違いは犯さない」

「それはそうですが……国境付近で待ち合わせるという手もあるのですよ!?」

「モタモタしている間にロザリンダに逃げられたらどうする？　あの女が戻りさえすればオリビアだって再び俺の元に……」

「ですが、オリビア様はエリオット殿下のことを利用していたんですよ!?」

「そんなわけないっ！」

バンッと、エリオットがテーブルを叩く音が部屋に響く。

「…………エリオット殿下」

「オリビアは俺を見捨てたりしないっ！　オリビアは俺の全てを認めてくれた素晴らしい女性だ。今はたまたま機嫌が悪いだけで噂も嘘に決まっている。ああ、また毒を盛られるかもと怯えているだけかもしれない。だから俺が守ってやらねばっ」

ハリーはついに瞼を伏せてしまった。

「ハリー、わかるだろう？　時間がないんだ。すぐにヴェルタルに向かう。予定は全てキャンセルしろ」

「か、かしこまりました」

その後、エリオットは入っていた予定を全てキャンセルさせて、ハリーとマーシャルと共に馬車に乗り込み、隣国ヴェルタルへと急いだ。

ロザリンダが抵抗しても無理矢理連れ出せるようにと騎士を数人連れていく。ヴェルタルまで馬車で数日はかかる。それをロザリンダはどう移動したというのだろうか。

公爵家の馬車は使うことなく会場に置いていった。馬を連れていたようだが、途中でその馬も寄付という形で教会に預けられていたらしい。

従者も侍女も連れていないロザリンダが、金銭を持っていたとは考えづらい。どうやって護衛を雇ったのかもわからない。考えれば考えるほどに謎は深まるばかりだ。

（あの女にそんな行動力はないはずだ……！）

ロザリンダはビビエナ公爵や夫人の言いなりだった。幼い頃からずっとそうだ。それはロザリンダの近くにいたエリオットが一番よく知っている。ロザリンダが勝手に国を出て行くとは未だに信じられなかった。

ふと、窓の外を見る。先に進めば進むほどに景色はひどくなっていく。見るに堪《た》えない外の様子にエリオットはカーテンを閉めた。

荷馬車と馬車、数人の騎士達はラフィ王国の国境に待機させた。そして、ついにヴェルタルへと入り込んだ。ヴェルタルの街に馴染めるようにハリーとマーシャルと変装をする。

(何故、俺がこんな薄汚い格好を……！　最悪だ)

仕方ないとわかっていても苛立ちは消えない。ハリーはあの日から何かを考えており、黙り込んだままだった。

ロザリンダとマーシャル同様、ハリーは幼い頃からの付き合いだ。

国を支えるために英才教育を受けて、次期宰相として育てられたハリーは優秀だったが、ロザリンダと同じで頭が固く不正を許さない。

よくわからない正義感を振り翳《かざ》してエリオットと言い争いになったこともあった。

時には熱く将来を語ったこともあるが、最近は口煩《うるさ》くて側にいると煩《わずら》わしいと思うようになる。

ハリーがこの元凶を作り出したロザリンダの姿と重なっていく。もしあの場でロザリンダが全力で抵抗していれば事態は悪化しなかった。それか追い出したのがビビエナ公爵だったらよかったのだ。ロザリンダさえ逃げなければ、後ろ指をさされながら笑われることもなく、王太子の地位を脅かされることもなかったのに。

今では誰もがエリオットを馬鹿にしているような気がしていた。その視線に晒されることが怖くて仕方ない。

（……全てロザリンダのせいだ）

もっとオリビアのように甘え上手で男を立てられる女ならばといつも思っていた。

エリオットに常につきまとうプレッシャーと孤独。周囲の期待に応えていくのは辛かった。心は知らぬ間に蝕まれていく。

そんな時、オリビアは天使の様に現れて、エリオットを包み込むように癒してくれた。

「あなたはそのままで素晴らしい」

「エリオット様はとても頑張っていますね」

今まで誰もエリオットを認めてはくれなかった。

生まれた時からできて当たり前、頑張るのは当たり前だった。だからオリビアの言葉はエリオットにとって涙が出るほどに嬉しいものだった。

『――あなたと結婚するなんて絶対に嫌っ！』

こんなことを言うのはオリビアではない。あんなに優しいオリビアがエリオットを否定するはずがない。オリビアは間違いなくエリオットの婚約者になりたがっていた。ロザリンダが逃げ出すまでは何もかも順調だったのに。

（何故だ！　何故なんだ……オリビア）

まるで王太子でなければ価値がないと言われているようだった。

（……オリビアが俺を拒否する理由は何なのだ）

パーティーでオリビアがエリオットを拒絶したあの日から頭を抱えている。

（ロザリンダは必ず連れ戻す。そうすれば全てが元通りだ。そうに違いない）

そう思わなければおかしくなってしまいそうだった。

またロザリンダを婚約者に据えて、王太子の座を取り戻しさえすればオリビアの気持ちは戻ってくるに違いない。

そして側妃にはなってしまうが「必ず幸せにする」と言えばいい。ちゃんと話せばオリビアとわかりあえるはずだ。

それにロザリンダは、愛妾を許すと父と母に言っていた。これでオリビアとの関係を堂々と続けられるし、今度こそは文句は言わせない。

（もう少し、もう少しで……俺の輝かしい未来が戻ってくる！）

そう思っていたエリオットだったが、ひっきりなしに訪れる様々な種族に圧倒されていた。

ラフィ王国は人間のために人間が統治している国だ。稀に他種族もいるが、貴族は全て人間。魔法などはなくても知恵や技術、武器に薬学で大抵のことは対処できる。

奴隷商人から珍しい種族の奴隷を買い取って楽しむ貴族もいるが、表立ってひけらかす者はいないだろう。それが他国では違法で反感を買う行為だとわかっているからだ。

ハリーやロザリンダはいつか争いの火種になる可能性があると憂いていたが、そんなくだらないことはエリオットにとってはどうでもいいことだった。自分達が上に立つために必要なことならば仕方がない。

エリオットとハリー、マーシャルは、ロザリンダがいるという、噂の食堂へと辿《たど》り着いた。窓から様子を覗いてロザリンダの姿を探す。

「――いらっしゃいませ！」

一際、人が集まっている場所。フロアを往復して忙しそうに酒や料理を運ぶ女性を見て目を見開いた。

チェリーレッドの髪は綺麗にまとめられて布のようなもので隠されている。化粧はしていないが、幼い頃の姿を知っていれば自然と誰かわかってしまう。

(間違いない……！　ロザリンダじゃないか)

そこには、いつも厳しい顔をしているロザリンダの姿はなかった。公爵令嬢としての完璧な立ち振る舞いも、高貴なオーラもない。笑顔を浮かべながら、客と会話を楽しむ姿はまるで別人のようだ。

「ローザ、追加でもう一杯くれ」

「はーい！　今すぐ」

「料理できてるよ～！　ローザ、お願い」

「はい、今行きます」

「こっちに今すぐビールくれよ」

「トムさん！　飲み過ぎたら、また奥さんに叱られますよ？」

「ローザが黙ってればバレないさ」

「ウフフ、どうしようかしら」

ロザリンダは忙しそうにフロアを飛び回り、手際よく料理や飲み物を運んでいく。三人は暫《しばら》く何も話すことなく、じっとその姿を見つめていた。

周囲に馴染み、普通の平民として働くロザリンダの姿に言葉が出ない。

「あ、れが……あの方がロザリンダ様なのですか？」

「…………」

ハリーの問い掛けにエリオットは何も答えることができなかった。これがロザリンダの本当の姿なのだとしたら、今まで見てきた彼女は何だったのか。余計な思いを振り払うようにエリオットは首を横に振った。

そして、たまたま食堂から出てきた獣人の男性に声を掛ける。先程、ロザリンダと仲良さげに話していた者だ。

「……おい、止まれ！　俺の質問に答えろ」

「なんだテメェら……」

狼の耳と尻尾、鋭い目つきにギロリと睨《にら》まれてエリオットはたじろいでしまう。どうやら不審に思われてしまったようだ。ハリーがエリオットを庇《かば》うように前に出た。

「我々はヴェルタルに入国したばかりで、右も左もわからなくて」

「あ……？」

「美味しい食事ができるところを探しているんですが」

「なんだ、そういうことか。早く言えよ！　ようこそ、自由の国ヴェルタルへ」

「……はは、ありがとうございます」

「お前らも何か訳がありそうだな。ここの奴らは皆、そうだがな」

ガハハと豪快に笑った狼の獣人は、ロザリンダが働いている店を指さした。

「ここは最高だぜぇ！　んで、あそこにいるのが看板娘のローザだ。昼間にここに来る大半の客はローザ目当てかもな」

「へぇ……いつからここに？」

「さぁな、ローザが来てから随分と客が増えたからな。オレ様もその口だ」

「そうなのですか」

「ははっ！　まさかローザに一目惚れか？　でもローザ目的ならやめとけよ。女神様に手を出した奴は、二度と店には近づけねぇんだ。やべぇ護衛がついてるからな」

「……やばい護衛？」

「ああ、店主のティナもそうだが、何か本能で感じるんだよなぁ！　アイツ等《ら》は只者《ただもの》じゃねぇよ。それとここで女子供に手を出す奴は警備隊のクリスに必ず報復を受けるから気をつけてな」

「クリス……？　どういうことでしょうか……？」

「んなもんは自分で学ぶんだな！　ここは飯も酒も最高に美味いぞ。じゃあな」

「あっ、ありがとうございます」

ハリーが丁寧に腰を折ると狼の獣人は手を振りながら去って行く。

「まず様子を見た方がよさそうですね。ロザリンダ様の護衛を特定しましょう。クリスという方も気になります。ここは隣国です。どんな危険があるかわかりませんから。それからロザリンダ様に謝罪とお話を……」

「………………」

「エリオット殿下？」

エリオットはずっと動かないままロザリンダを睨みつけている。

「すぐにロザリンダを連れ戻すぞ」

「何を……」

「ロザリンダの仕事が終わったタイミングを狙う。マーシャル、国境に待機している騎士達にもそう伝えろ」

「危険です！　まだ状況を何も把握していません。それに騎士達に何かあればっ」

「…………どうでもいい」

「え……？」

「どうでもいいと言ったんだ。ハリー、今すぐにそのうるさい口を閉じろ。マーシャルもさっさと動け！」

ハリーはエリオットの言葉に絶句するしかなかった。その隣にいるマーシャルも唖然《あぜん》としている。

エリオットの焦りは理解していたからこそ、彼を守るためにマーシャルと協力して懸命にロザリンダの捜索を続けていたというのに。

マーシャルはエリオットの横暴な態度に怒りからか眉を顰めて唇を噛んでいる。

（自分のために身を粉《こ》にして働いている騎士すらどうでもいいと言うのか？　エリオット殿下は自分さえよければそれでいいのか）

ハリーは当然、ロザリンダに謝罪して説明した後に、話し合い、国に帰ってきてもらえるように説得するものだと思っていた。ロザリンダの姿を見て冷静になれば、良識的な判断を下せると勝手に勘違いしていたのだ。

エリオットが今からやろうとしているのは誘拐だ。ロザリンダの意志を無視して攫《さら》おうとしている。

（まさか、はじめから謝罪することもなく、拐《かどわ》かすつもりだったのか……？）

今回、一方的な被害者であるロザリンダを勘違いによって追い出したにも関わらず、またこちらの都合で無理矢理、国に連れ戻そうとしている。

今、ハリーはエリオットへの疑念でいっぱいだった。本当に自分達がしていることは正しいのか。間違っていれば正すのが己の役割だと思い、食らいついていくしかない。

そもそもエリオットはオリビアと結ばれたいあまりに、国ではなく己の欲を優先した。その時にエリオットを止めるべきだったのだ。

（私が、もっとしっかりしていたらこんなことには……！）

しかしハリー自身もオリビアの天真爛漫さと無垢な姿に心を引かれ、彼女に踊らされていたに過ぎない。今ならばそれに気づくことができる。

幸いハリーはすぐに目を覚ますことができた。

エリオットは信じたくないようだが、オリビアはこちらが追い詰められたと知ればすぐに見捨てるような女だ。。つまりエリオットの権力を利用していただけで、エリオットのことなどどうでもよかったのではないだろうか。

そして真犯人が見つかったことを伝えにオリビアの元に向かうと、追い出したロザリンダに対して罪悪感すら抱かないのか「なんで？」と繰り返し言っていた。

彼女の口からはエリオット同様、ロザリンダへの謝罪の言葉はない。

オリビアは爪を噛みながら「……予定と違う」と呟いていた。

やはり何かの目的のためにエリオットを利用しようとしたのだろう。それは間違いないようだ。

デルタルト子爵に探りをいれてみても、オリビアの企みを知ることはできない。わかったのは最近、街に出る回数が増えているということ。その理由はわからないが、特定の貴族の令息や令嬢に奴隷商人について話を聞いて回っているらしい。

(一体、何がしたいんだ……！)

オリビアに接近しようとしても、エリオットを警戒しているのかハリーは避けられている。

(たとえロザリンダ様を連れ戻したところで、元に戻れるわけがない……！　オリビア様のあの態度を見て、まだ諦めていないのか？　このままでは騎士達からの信頼もなくしてしまう。エリオット殿下の態度を改めさせなければ)

エリオットに目を覚ましてほしい、そんな思いから口を開いた。

「本当に、ロザリンダ様を連れ戻すのですか？」

「は……？　何を言っている」

「我々の勘違いのせいでこのようなことになったんですよ？　そしてまたこちらの都合でロザリンダ様を無理矢理連れ戻すというのですか!?　あんまりではありませんか！」

「……………」

「こんなやり方は間違っています！　今からでも遅くはありません。考え直してくださいっ」

ハリーの言葉で少しでもエリオットの心が傾けばいいと思っていた。最近は何を言っても、意見が聞き入れられることはない。

けれどここでハリーがエリオットに従えば、また同じ過ちを繰り返してしまう。それがわかっていたからこそ、今回は絶対に引いてはならない。

あの時、ロザリンダが懸命に積み上げてきたものを奪い、国から追いやった。それは変えられない事実だ。

まずは自分達が犯した罪を償い、反省して謝罪をする。ロザリンダに許しをもらうことが先決ではないだろうか。

たとえ許しがもらえなくともこちらが間違っていたのだからロザリンダの意志を優先すべきだとハリーは思っていた。

先程、ロザリンダは今まで見たことのないような楽しそうな笑みを浮かべていた。そんな彼女の新しい居場所をまた奪い取ることなどできはしない。

エリオットは昔から傲慢で自己顕示欲が強い部分があった。国王として人の上に立つには、短慮なところを直していかなければ人はついてこない。

それをフォローしつつ、正して導いていくことが自分の役目だったはずだと必死に言い聞かせていた。

「ハリー……お前はついに頭がおかしくなったのか？」

「……っ⁉」

その言葉に歯を食いしばる。それと同時に込み上げてくる怒り。思わずエリオットに掴みかかろうと伸ばした手をマーシャルが制す。『耐えろ』と言わんばかりに彼は静かに首を横に振った。

(何故、エリオット殿下は理解してくれないんだ……！)

悔しくて涙が溢れそうになるのを堪《こら》えていた。

あの時、自分も一緒になってロザリンダを責めていた。彼女は絶対的な悪と思い込んでいたのだ。しかしオリビアに毒を盛った犯人をロザリンダだと決めつけずに、しっかりと確認していればこうはならなかった。

広い視野を持ち、よく考えていれば冤罪を防げたのではないか。ハリーはもう後悔をしないために一歩を踏み出した。

「いいえ！　エリオット殿下、無理矢理ロザリンダ様を連れ戻すのはやめてください。きちんと説明をすべきです」

「…………」

「我々が、まずやることはロザリンダ様へ謝罪をし……」

——ドゴッ！

ハリーは強い衝撃を受けて地面へと倒れ込む。目の前にかけていた眼鏡が転がっていく。一瞬、何が起こったのかわからなかった。重たい痛みがどんどんと強くなっていく。エリオットに殴られた頬を震える手で押さえる。

「お前がこんなに頭の悪い奴だと思わなかった」

エリオットのその言葉に目を見開く。冷めた目でハリーを見下しているエリオットはもう別人だった。ハリーは痛む頬を無視して絞り出すように声を上げる。

「エリオット殿下、このままではあなたはっ……！」

「ハリー……もう黙れ。お前には失望した」

「……失望？」

「お前の代わりなどいくらでもいる。俺の言うことを聞かぬ側近など必要ない。ハリー、お前はダメだ。どこへでも好きなところへ行け。マーシャル、騎士を呼べ。すぐに決行する……命令は絶対だ」

「お待ちくださいっ！　エリオット殿下」

「ここで名を呼ぶな。愚図が……行くぞ」

騎士としてエリオットに忠誠を誓っているマーシャルは命令に逆らうことはできない。マーシャルは震える手を握り込み、俯いていた顔を上げてからエリオットの後をついて行った。

ハリーは力の入らない足で立ち上がり、どんどんと小さくなる背中を見つめていた。

邪魔だと言わんばかりに肩にぶつかる人々。そんな痛みは気にならないくらいに愕然としていた。

ぼやける視界……涙を拭《ぬぐ》えば、もうそこには誰もいなかった。

＊　＊　＊

ローザは仕事を終えて、肩をぐるぐると回していた。外はまだ明るく太陽が昇っている。今日も食堂にはたくさんの人達が来店している。

「ローザを雇ってから売り上げが右肩上がりなの。最高よ！」

と、店主のティナはとても喜んでくれている。少しでもローザが店の役に立つのであれば嬉しいが、ここまで忙しいとなると考えものだ。帰ろうと準備をしていた時だった。

「あのっ！　ロ、ローザさん、少し……いいでしょうか」

「ミゲル、おつかれさま。もう上がり？」

「は、はい！」

「今日は忙しかったから疲れたでしょう？　私も肩と腕が痛くて……」

「そう、ですね。でも僕は体力だけが取り柄ですから」

「ふふ、そうなの？　ミゲルの体力が羨《うらや》ましいわ」

「えっと……ありがとう、ございます。ローザさんっ……あの！」

「何かしら？」

「今日は、家まで送ります……送らせてくださいっ」

「そう？　なら一緒に帰りましょう」

頬を赤く染めながら体を小さくしているミゲルは頷いた。二人で話をしながら明るい空の元を歩いていく。

今日、ローザはティナにいつもより早めに上がらせてもらっていた。何故ならば、ついにアダンとエデンの仕事が終わったからだ。

アダンとエデンが揃って家にいる。それだけでも嬉しいのだが、今までのお礼がしたいとローザのために豪華な食事を二人で準備してくれている。

数日前、エデンから『やっと仕事が終わりそうだ』と報告を受けた。ティナにそのことを話して、今日は働く時間を調整してもらったのだ。

待ちに待った日を迎えて嬉しいのと同時にドキドキしていた。二人から話を聞くことができることもそうだが、ロザリンダが国を出てから一年が経とうとしている。

正式な日はわからないが、そろそろロザリンダの捜索は打ち切られることだろう。

『ローザ』としての新しい人生が始まるのだ。

そんなことを考えているとミゲルの足がピタリと止まる。不思議に思い振り返ると……

「ミゲル、どうしたの？」

「やっぱりだ……ローザさん、こっちに来てくださいっ！」

「……ッ⁉」

ミゲルに乱暴に腕を引かれてローザは驚いていた。それよりもこんなに大きな声で話す姿をはじめて見た気がする。

焦ったように走るミゲルに何事かと声をかけようとした時だった。

「ちょっと、ミゲル……！」

ミゲルは足を止めてローザを庇《かば》うように背に隠して手を広げている。いつの間にか人気がない場所に追い込まれていた。複数人の足音がこちらに近づいてくる。

「ローザさん、後ろに隠れていてください！」

「ミゲル……この人達は一体」

「わかりません！　でも恐らく、ローザさんを狙っているんだと思います。今日、ずっとローザさんを見ている怪しい人影があったので、もしかしてって思って……！　つけられていたのはわかってはいたんですが、まさかこんな堂々と仕掛けてくるなんて思わなかった。ここなら警備隊の人達が気づいてくれるかもしれません！」

どうやらミゲルは何か危機を感じて、ローザを家まで送ろうとしてくれていたようだ。ガチャンと鳴る金属音にまさかと思い前を見ると剣を抜いている。

こちらは丸腰にも関わらず、容赦なく向けられる敵意。

（一体、何が起こっているの……？）

真っ黒なローブの隙間から表情を窺うことはできない。

「ローザさん、下がって……」

「……でも、ミゲルが！」

「僕はこれでも竜人族ですから、少しは戦えます。あなたを傷づけさせませんっ」

ミゲルはそう言ってから、敵陣に飛び込んでいく。剣を躱《かわ》しながら体術で戦っているが、相手が複数人いてローザを守りながらなので防戦一方だ。

ヴェルタルでは基本的に、自分の身は自分で守らなければならない。それができない女性と子供に関しては警備隊が守ってくれる。警備隊は基本的に夜に活動していることが多いが、昼間は裏路地にいるのだとローザも聞いたことがある。

被害が出れば必ず犯人は報復を受けるとヴェルタルに住む者は皆、知っている。暗黙の了解があるからこそ、こんな風に昼間に堂々と襲われるとは思ってもみなかった。

真ん中にいる男が指示を出すと何故か剣を仕舞い、ローザに近づいてくる。後ろに後退するが、背には壁があり逃げ場がない。

（このままだと……！　何とかしなくちゃ）

ローザは周囲を見回してから近くにあった木の棒を手に取って思いきり振り上げた。しかしすぐに掴まれて防がれてしまう。

「きゃっ……！」

体を棒ごと押されてローザは地面に尻餅をつく。そして背後を取られてしまい、腕を首に回され吊り上げられるようにして拘束されてしまう。息苦しさに顔が歪《ゆが》む。スラリと剣の刃がローザの顔の横に迫るとミゲルは動きを止めた。

「ローザさんっ！」

「……ミゲルッ、後ろっ！」

「――ぐっ！」

ミゲルが剣を背に受けて後ろに倒れ込む。それを見たローザはミゲルの元に駆け寄ろうと、拘束されている男の腕に思いきり噛みついた。

「痛ッ……！」

そんな声と共にローザの首元に当てられていた剣がガチャンと落ちた。ミゲルの元へ向かおうとするローザだったが再び腕を掴まれてしまう。

「このっ、離して！　ミゲル、ミゲルッ」

「大人しくしろっ！」

「……っ、ローザさんを……離せ」

ミゲルがローザに向かって手を伸ばしている。ローザもミゲルの元に行こうとするが、今度は体をしっかりと拘束されてしまう。

「この男……竜人族ですよ。小さいですがツノがあります」

「ほう、珍しいな。竜人族は強靭な肉体と立派なツノを持っているはずだがコイツは弱いな」

「どうしますか？」

「適度に痛めつけて、その辺に捨てておけ。ついてこられたら厄介だ」

聞き覚えのある喋り方と声に目を見開いた。ローブの中には見覚えのある顔があった。

しかし名前を呼ぶ前に布を噛まされて口を塞がれてしまう。

ローザに手を伸ばすミゲルの腹に容赦なく蹴りが入る。呻き声が聞こえて、じんわりとローザの瞳に涙が滲《にじ》む。

（これ以上は、ダメッ……！　ミゲルが……っ）

どうにかしなければとチラリと横を見る。ここにいる男達がラフィ王国の騎士ならばローザが傷つけられることはないはずだ。

（……やるしかないっ！）

思いきり体を揺らすと、やはり刃が触れないようにするためかローザと剣との距離が離れた。それにローザに注目が集まり手が掛かるほどに、ミゲルへの被害が少なくなる。そのことに気づいて、ミゲルを守るためにもローザは拘束している男を思いきり蹴り飛ばす。

「ぐっ！　誰か、手を貸してくれ……っ」

近づいてきた騎士にローザは思いきり頭突きをする。男は頭を押さえて戸惑い声を上げた。

「いっ……！　おい、こっちを手伝ってくれ！」

「お願いですから、暴れないでください……！」

「一旦、引きましょう！」

「チッ……面倒な奴め」

全身を使って思いきり抵抗していると口元の布が緩む。ローザはミゲルに向かって叫んだ。

「ミゲル……ッ！　逃げてっ！」

「ロー……ザ、さっ」

ガンッ、とミゲルの体が壁に打ちつけられて鈍い音がローザの耳に届いた。ぐったりして動かなくなったミゲルを見て息を止める。その隙に再びローザの口枷がはめられてしまう。

「ッんー！　んーーっ」

「っ、大人しくしてください！」

「早く行きましょう。誰かに見つかれば厄介です」

「ははっ、腕の立つ護衛がいると言っていたが大したことないではないか。やはりハリーの言うことは間違いだったたな」

「……っ」

ローザはあっという間に拘束されてしまい、顔に布を被されて担がれてしまう。

(――アダン、エデンッ、助けて！)

＊　＊　＊

『……ローザ、遅いね』

「あぁ」

『今日は早く帰ってくるって言っていたのに』

「仕事が忙しいのかもしれない」

『そうかなぁ……なんだか嫌な予感がするんだ』

やっとアダンとエデンは仕事を終えることができて、あとは報告するだけとなった。

ここまでこられたのはローザの協力があったからだ。そして今日、ローザに全ての真実を告げることができる。

そう思っていたが、ローザが時間通りに帰ってくることはない。ローザは仕事に行く前に話ができることをとても楽しみにしていたのに。何かあったのではないか……二人は胸騒ぎを感じていた。

『僕、ローザを迎えに行こうかな……』

「そうだな」

ローザが心配になり、二人が迎えに行こうと立ち上がった時だった。

――コツン、コツン、ガンッ！

「何だ……？」

『窓に何かいるみたいだね。鳥かな？』

そのすぐ後に窓をカリカリと爪で引っ掻くような音が聞こえる。明らかに鳥ではないだろう。

「……猫か？」

カーテンを開くと目の前に白い塊があり、アダンは思わず身を引いた。目の前にいる珍しすぎる生き物に目をみはる。

「まさか、白竜？」

『何故白竜がヴェルタルに？　彼らは特別な場所で保護されていると聞いたことがあるけど』

「この白竜はまだ子供だな」

『どうして僕達の所に来たんだろう……？』

窓を開けると白竜は焦った様子で「キュ－キュ－」と鳴きながら、エデンの腕に尻尾を絡めてから外に出るように腕を引く。

『え……？　僕に来て欲しいの？』

「竜人族の竜がエデンに何の用だ？」

白竜は窓の外に出たり部屋に入ったりを繰り返している。

『……何か訴えてるよ？　ついてこいってことかな』

「主人の危機か？」

アダンの言葉に同意するように、白竜はキュイと小さく鳴いた。アダンとエデンが外に出ると案内するように飛んだ白竜は路地裏に入っていく。

そこには壁にグッタリと体を預けて、意識を失っている青年を見つけて駆け寄った。白竜は銀色の髪の男の頬を心配そうに舐《な》めている。

『ひどい怪我だ。誰がこんなことを』

「……コイツは」

見覚えのある顔だった。オドオドしている彼の視線の先にはいつもローザがいたからだ。アダンとエデンも何回か顔を合わせたことがある。

『ティナさんの食堂で働いているミゲルじゃないか！』

「……何故、こんなところに倒れているんだ？」

口の端から血が流れて、顔には痛々しい傷が残っている。誰かに暴行を受けたのだろうか。白竜はエデンの袖を必死に引っ張り、ミゲルの方へと促《うなが》している。

『僕の能力がわかるんだね……！』

「白竜は不思議な力があると聞く」

『竜の中でも、黒竜と共に他の竜達を率《ひき》いていく特別な存在なんでしょう？　回復魔法が使えるはずだ。僕と同じだね』

エデンは白竜とともにミゲルの元へと座り込む。一番怪我がひどい腹部や腫れている頬を中心に力を込めていく。

「まだ万全じゃない……ほどほどにしろ」

『大丈夫だよ。アダンは心配性だなぁ』

手を離すと「うっ……」と、呻き声と共にミゲルが目を覚ます。暫《しばら》くボーっとした後に、ハッとして体を起こそうとするが、痛みが残るのか腹部を押さえたまま蹲《うずくま》ってしまう。

そんなミゲルを見た白竜は顔を覗き込むように鳴いている。

「なっ⁉　どうしてここにいるんだ、シロナ。僕のところに来ちゃダメだろうっ？　今すぐ国に戻るんだ。痛ッ……！」

白竜は名前を呼ばれたことが嬉しいのか、キュイっと鳴いて困惑するミゲルに擦り寄った。そして目の前にいる自分達の顔を見てミゲルは目を見張った。

「あなた達は、ローザさんの……！」

「お前はミゲルだな」

「そうです！　ゴホッ、それよりもローザさんがっ！」

『アダン、もしかしてローザに何かあったのかな』

「……唇が、動いてないのに声が聞こえる？」

「声が聞こえるのか……？　エデンの許可なしに」

「え……？」

『白竜に好かれている竜人だ。聞こえてもおかしくはないよ。それよりも教えてっ！　ローザがどうしたの⁉』

ローザの姿はこの場にはない。ミゲルは涙を浮かべながら震える唇を動かした。

「今日、店で嫌な視線をずっと感じていて……ローザさんを狙っているような気がしたので家まで送ろうとしたら、いきなり追いかけてきたんです！　僕一人だとローザさんを守りきれないかもと食堂に戻ろうとしたら、無理矢理ローザさんが攫《さら》われてっ」

「……なんだと？」

「僕が不甲斐ないせいでローザさんを、連れ去られてしまいました。ごめんなさいっ！」

ミゲルの瞳からポロポロと涙が溢れた。白竜はミゲルの涙を必死に舐《な》めとっている。

「シロナッ、ローザさんを襲った犯人が、どこに向かったかわかる？」

ミゲルの問いかけに白竜は小さく首を横に振る。今の発言から、ここまで打ちのめされながらもローザを必死に守ろうとしたことがわかる。ミゲルを責めることはできはしない。それよりも強い怒りが湧いてくる。

「……誰がローザを攫《さら》ったんだ？」

アダンの声が地を這《は》うように低くなる。手のひらに爪が食い込むほどに力がこもっていた。

ミゲルは咳き込みながらも、相手の情報を話していく。魔法は使わずに剣で戦ったこと。ローブを被っていたが人間だったこと。そしてはじめからローザだけを狙って動いていたことを話した。

「ローザさんは……無事です。荒っぽいやり方でしたが……ローザさんを傷つけるつもりはないようでした。僕がもっと早く目が覚めていて、あなた達に伝えることができていればっ」

「……そうか」

『話してくれてありがとう、ミゲル』

エデンはミゲルの手を優しく包み込むように握った。

「ごめ、なさ……！　僕が、弱いからっ、ゴホッゴホ」

『そんなことないよ。今はゆっくり休んで……無理はダメだよ』

「……あとは任せてくれ」

その言葉を聞いたミゲルはゆっくりと意識を失った。

もしローザが約束した時間に間に合うように店を出ていたとして、ミゲルとローザが襲われた後に白竜が知らせにきたのだとしたら、かなり時間が経っている。

「クソ、俺がいつもみたいに迎えに行っていれば……！」

『……アダン』

「今すぐローザを探しに行く！」

『待って、アダン！　ここは国境が近いから、もうヴェルタルの外だよ！　それにこれだけ時間が経ったら、もう足取りは掴めない。追えないよ』

「まだ間に合うかもしれないだろうっ⁉」

『ローザがどこに行ったのかわからなければ無駄足になってしまう。それに何も準備しなければどうなるのか経験して知っているでしょう？』

「だが、ローザが……！　俺一人でも十分だ。今すぐローザを助けに行く」

『アダン、落ち着いて。怒りに任せて力を使うのは危険だよ。逆にアダンがやられてしまう場合だってあるだろう？』

「っ、何故だエデン……！」

『それにこんな状態のミゲルを放ってはおけないよ。とりあえずミゲルが回復したらもう少し詳しく話を聞こう！　他に目撃者がいるかもしれない。まずは情報が必要だ』

「……っ、わかった」

アダンは唇を強く噛み締めたせいで血が滲《にじ》んでいた。下を向いて必死に怒りを堪《こら》えている。

本当はエデンだって、今すぐにローザを助けに行きたい。しかし今、何も知らない状態で追いかけるのはリスクが高すぎる。

ローザがどこへ連れ去られたのか……今は情報を集めることが先決だ。万が一、接触できたとしてもローザを人質に取られている以上、こちらからは手が出せない。やり場のない憤《いきどお》りが溢れ出すが今は湧き上がる激情を何とか抑え込む。

アダンがミゲルを抱え上げる。手当てと知恵を借りるためにティナの元へと急いだ。白竜は片時もミゲルの側から離れようとしない。

店で酒を運んでいたティナはミゲルの姿を見て驚いている。簡単に事情を話すと、表情は変わらないが両手に持っていたジョッキがミシミシと音を立ててから粉々に砕け散った。

「……うちの店の従業員に手を出すなんて、絶対に許せないわっ！」

ティナの目は血走り、背後には轟々《ごうごう》と炎が燃える。あまりの迫力にアダンとエデンは首を縦に振り頷くことしかできない。

その様子を見た常連客達は、テーブルに静かに金を置いて我先にと去っていく。ティナは乱暴に看板をひっくり返して店を閉めた。

店の奥の部屋でミゲルの手当てをしながらティナが来るのを待っていた。白竜は不安そうに鳴きながらミゲルに擦り寄っている。

するとバンッと勢いよく開く扉。ティナは腕を組んでから鋭い視線でこちらを見ている。その迫力にゴクリと唾を飲み込んだ。

「どこのどいつかは知らないけどいい度胸じゃない。このアタシに喧嘩を売って……逃げられるとは思わないことね！」

ティナのあまりの恐ろしさにアダンとエデンは黙って頷いていた。

「もう一度、詳しく聞かせてちょうだい」

アダンはミゲルに聞いた情報をティナに話していく。ティナは話を聞きながらミゲルの傷ついた頬を優しく撫でた。

「魔法の痕もない。武器は剣で全員が人間、最初からローザを狙っていた……となればラフィ王国の人間で間違いなさそうね」

「……あの国が、またっ！」

『アダン、抑えて……！』

アダンの怒りに反応してか、店内に電気が走りバチバチと音を立てる。金色の光が弾けるように散らばった。そんな中、ティナは何事もなかったように言葉を続ける。

「あなた達はローザの過去を知らないって言っていたわよね？　でも恐らくローザはラフィ王国の貴族だと思うわ」

「……貴族？」

『そんな風には、見えなかったけど……』

「どんな事情があったのかはわからないけど、たまに見せる仕草や立ち振る舞いは貴族のものよ。もしかして逃げたローザを取り戻しに来たのかしら……」

『そんな……』

アダンとエデンがローザと初めて会った時、使用人の格好をしてナイフを振るい、身を守りながら街を渡り歩いていた。貴族の令嬢が大荷物を背負いながら歩いて隣国へ向かい、当たり前のように仕事をして平民のような生活ができるものなのだろうか。

「ですがローザは何でも自分でできていました。ラフィ王国の貴族はそうじゃないはずでは？」

「それが不思議なところよねぇ。でもローザには何か事情があったのよ！　前もって知識を学んでいた可能性だってあるわ」

『アダン、ティナさんの言う通りかもしれないよ？』

「ローザは……アタシやアンタ達が〝会わせてくれ〟と言って会える身分の人間ではないかもしれないわ。ラフィ王国の貴族の前に出てローザを返せと言っても、門前払いで相手にされないでしょうね」

「………」

「あの国は本当に身分身分って、うるっさいのよね……どの人間もアタシ達から見たら同じなのに。ローザを確実に救い出すためにはどうしようかしら……迷うところね」

『ラフィ王国の貴族は、何を求めてるんだろう？　金、名誉？　身分……？』

「……全てよ」

「全て……？」

『……テ、ティナさん、もしかして僕の声が聞こえるんですか⁉』

許可がなければ聞こえないはずのエデンの言葉に普通に返事を返したことに驚いていた。どうやらティナにエデンの声は届いていたらしい。

「アタシほどの大物になれば干渉できて当然よ。もう面倒だから、そのまま話すわね」

『は、はい……！』

「話を続けるわね。もしローザが男爵令嬢や子爵令嬢ならば金に靡《なび》くことがあるかもしれないけど、その位の身分の令嬢を連れ戻すために大勢の騎士を使うとは考えづらいわ。それにもし婚約者がいたら、表立ってローザを取り返すことは不可能よ」

「……婚約者」

「他国で利益のある国との繋がりを求めているのなら……それこそ王族とかであれば多少の無茶は通る可能性があるかもしれないけど、ヴェルタルには王族も統治者もいないから難しいのよね。それがいいところでもあるんだけど」

ティナはそう言って眉を顰《ひそ》めた。もしかしたら店の客の中にも、王族の血を引く者もいるかもしれないが、ヴェルタルに住むものは自ら身分を捨てた者達が多い。故に、安易に頼ることはできないだろう。

「そもそもローザの立場がハッキリとわからない以上、どう動けばいいか……ローザの情報が少ないのは痛いわ。それにラフィ王国は人間による人間のための国、アタシ達にとっては完全にアウェイよ」

ティナは苛々した様子で溜息を吐いた。

「ティナさん。俺達にとってローザは特別なんだ。絶対に助けたいんです」

「そんなことは、最初から知っているわ」

『やっぱりティナさんにバレてたね』

「アンタ達の気持ちなんて全部バレバレよ……！　特にアダンは露骨過ぎるわ。少し抑えなさいよ。

客が減るじゃない」

冗談交じりに指摘して、ティナは言葉を続ける。

「アタシはこの店で働きながら、アンタ達のような面白い子達を見守って楽しんでいるのよ。ずっとね」

怪しく笑うティナにアダンとエデンは喉を引き攣らせた。

『ティナさんは、もしかして……』

「アタシも勿論、訳ありよ？　そうねぇ……アンタ達の〝天敵〟って言えば、わかりやすいかしら」

「……ッ⁉」

『嘘……全然、わからなかった』

アダンとエデンはティナを見ながら大きく目を見開いていた。

「ウフフ……まだアンタ達のようなお子様にはアタシの完璧すぎる魔法を見破れるわけないじゃない。それに今は味方よ。信じるか信じないかはアンタ達次第だけどね」

ティナはそう言ってにこりと笑みを浮かべた。

『……僕はティナさんを信じます！』

「俺もだ。ティナさん、俺達に力を貸してください！」

「もちろんよ。アタシを敵に回してタダで済むはずがないのよ。可愛い看板娘を勝手に連れ出すなんて……絶対に許さないわ」

ティナが触れていたテーブルがバキッと音を立てて崩れていく。

「それこそアタシはヴェルタルができた時からここにいるけど、多種族が歪《いびつ》な形で共存して、色々なことが起こるから飽きないの。アタシはアタシを楽しませてくれる子達の味方よ？　あと店の売上に貢献してくれる子かしら」

「………」

「だから稼ぎ頭のローザをアタシに無断で掻っ攫《さら》った奴らは絶対に許さない。もちろんミゲルを傷つけたこともね。何よりやり方が気に入らないわ……本当に腹が立つ」

何ともティナらしい答えだと思った。

「それにヴェルタルの女、子供に手を出してクリスが許すとは思えないけど……ったく、クリスは本当に昼間は役に立たないんだから」

『ティナさんはヴェルタルの警備隊、クリスと知り合いなんですか？』

「よく知ってるわ。言ったでしょう？　ヴェルタルができた時からここにいるって」

「一体、ティナさんは何歳……っんぐ！」

『――ストップ、アダンッ！』

「ウフ……さすがエデン、賢明な判断ね。さて、互いの正体を知ったところで、どうすればローザを救い出せるか作戦を立てましょう」

ティナの言葉に二人が頷いた時だった。

「……僕にもっ、協力させてください！」

「ミゲル、大丈夫なの？」

ミゲルが腹部を押さえながら、ゆっくりと起き上がる。

白竜シロナはミゲルの服の中に潜り込んでモゾモゾと動いている。シロナのおかげかはわからないが、ミゲルの怪我が少しずつよくなっているように思えた。

「シロナの目を借りれば、僕にもあなた達のことがわかりました！」

ミゲルは咳をしてから、フラリと立ち上がる。

「僕はシロナを……白竜を返しに、一度ドラゴネス王国に戻ります。この子は、国の宝なんです！今頃、血眼になって探していると思いますから」

『でもその怪我じゃ……』

「大丈夫なのか？」

「はい。エデンさんの力とシロナのおかげで、だいぶよくなりました。それに先程の話を聞いて思ったんです。ラフィ王国に一番交流があるのは、きっと僕達の国だ。ローザさんの情報を集めるように協力してもらいます」

緊張感のある雰囲気を壊すようにミゲルの服がモコモコと盛り上がる。

「……痛っ、シロナ痛いよ！」

「あらあら……」

『シロナはミゲルが大好きなんだね』

白竜を国に返すと言ったミゲルに反発するようにシロナは低い声で鳴きながら服の中で暴れ回っているようだ。ミゲルは痛みに悶えている。

「なら、アタシは不審者の情報収集と目撃情報を集めてみるわ」

『お願いします』

「あとはラフィ王国に関わりがある人達に声を掛けて、情報を集めてもらうために協力してもらえないか頼んでみるわね。あの国の奴隷制度に頭を抱えている種族も結構多いから」

『ありがとうございます……！』

「僕も聞いたことがあります。竜人族はあまり関係ないと思いますが」

「……いいや、何人かの貴族の屋敷には竜人のツノがあった」

「本当ですか⁉　アダンさん、一体どこでそのことを……！」

「あの国は腐りきっている。華やかな世界の裏側はドロドロだ」

「そんな……まさか」

ミゲルはアダンの話にショックを受けているのか緩く首を横に振っている。

「本当、悪趣味ね……！　アンタ達はこれからどうするの？　アダン、エデン」

ティナの問いかけに二人は目を合わせた。どうやらアダンとエデンの考えていることは同じようだ。

『僕達は今日、ローザに全て話そうと思っていたんです』

「全て……？　もしかしてアンタ達の正体を明かすつもりだったってこと？」

『……はい』

「ローザは、ただの人間でしょう⁉」

静かに頷くアダンとエデンを見て、ティナが驚いたように声を上げた。

「それでも俺達はローザに話したいと思いました」

「だけど、アンタ達のとっても怖いお父様とお母様は許してくれるかしらねぇ？」

「たとえ許されなくてもいい」

『……僕達はローザの手を取る。そう決めたんです』

その言葉を聞いたティナはわずかに目を見開いた後、満面の笑みを浮かべた。

「なら尚更、ローザを助けなくちゃね。アタシ、そういうの大好きよ」

「俺達も今までのことを報告するために一度、あの場所に戻ろう」

『そうだね、そうした方がいいかもしれない。お父様とお母様に僕達の気持ちを伝えないといけないから』

「そうね……あくまでもアタシの勘だけど、ローザはすぐにどうにかならないと思うわ。でもなるべく早めに動かないとね。遅くても一カ月以内には決着をつけましょう」

そんな時、コンコンと小さく扉を叩く音が聞こえた。ティナが対応するために立ち上がる。

「今日はもう店は閉めたのよ」

「……」

「ちょっとアンタ、聞いてる？」

そう言った後も青年は帰ることなく、その場から動かない。ティナと青年は一言、二言会話を交わすと何故か店内へ青年を招き入れた。

「どうやらこの子がローザの件、協力してくれるみたいよ？」

「……協力？」

「さぁ、座って。詳しく話を聞かせてちょうだい」

五人の話し合いは夜遅くまで続いた。


——数時間前。

ローザは口元を塞がれて、担《かつ》がれるようにして運ばれていた。顔に布を被せられているため状況がわからずに足をバタバタと動かして騎士の体を蹴り飛ばしながら抵抗を繰り返す。

どんどんと喧騒から離れていくのがわかった。目的の場所に着いたのか手が離れると、どこかに体を寝かされる。手首が縛られているため、身動きがとれずに縄が擦《こす》れる痛みから声が漏れる。

被されていた布がゆっくりと外されると真っ暗な視界が開けていく。周りの様子がぼんやりと映ると、そこには二度と見たくないと思っていた顔があった。

目の前にいるのは、やはりエリオットだった。彼の唇が満足そうに弧を描いている。どうやら危惧していたことが現実になってしまったようだ。

「マーシャル、さっさと荷馬車を出せ！」

「だが、まだアイツが……！」

「おい……マーシャル、お前もああなりたいのか？　騎士として恥を晒《さら》してもいいと？」

「……っ！」

その言葉を聞いたマーシャルの顔から血の気が引いていく。そのまま黙り込んで下を向いてしまった。

（二人の間に何があったというの……？）

マーシャル以外の騎士達も顔色が悪く暗い表情で俯《うつむ》いていた。ロザリンダにまで緊張感が伝わってくる。「早く出せ」と言うエリオットの怒鳴り声を聞いて馬車が動き出す。

「久しぶりだな……ロザリンダ」

「……………」

「おい、聞いているのか！」

ロザリンダは手の拘束を外そうともがくが、なかなか外れない。あえてエリオットと目を合わせないようにして、存在を無視していた。そんな態度に腹を立てたエリオットは乱暴にロザリンダの髪を掴み持ち上げる。

無理矢理合わされる視線。荒々しいエリオットの行動に苛立ち、鋭く睨《にら》みつけた。

「……お前を探すために、どれだけ金と時間を掛けたと思っているんだ」

エリオットの声に怒りが滲《にじ》む。ロザリンダが拘束を外そうとしていることに気づいたのか、指示を受けて更に縄がキツくなる。

荷馬車はすごいスピードで進んでいく。

ロザリンダの体が跳《は》ねても、ぶつかってもお構いなしだ。

「ここまで来れば平気だろう。口枷を外してやれ。騒げばまたすぐに口を塞いでやるからな」

マーシャルの手によってロザリンダの口枷はゆっくりと外された。手首が拘束されているせいで、涎でベタベタと濡れた口元を拭《ぬぐ》うことすらできない。怒りに震える声でエリオットに問いかける。

「……どういう、つもりよ」

ロザリンダを馬鹿にするように鼻で笑ったエリオットはこちらを見下しながら口を開く。

「お前のせいで、俺は散々な目にあったんだ。オリビアを貶《おとし》めていたのは他の令嬢だった。やっていないのなら、何故もっと強く否定しなかった⁉　そうすれば調査くらいはしてやったものを……」

「ふざけないで……っ！　問答無用で追い出したのはそっちでしょう？」

「普段から俺に信用されるような行動をとらないのが悪いのだ！　それにまさかオリビアを恨む者が他にいるとは思わないだろう？」

「……ッ⁉」

「ビビエナ公爵もビビエナ公爵だ。自分達も納得していた癖に俺を責めるなんて！　お前が勝手に出て行ったせいで俺の輝かしい未来まで台無しになるところだったんだぞ？」

ロザリンダはエリオットの言葉に、はらわたが煮えくり返りそうだった。あまりにも横暴な態度に殴り飛ばしてやりたいと思った。

噂通り、ロザリンダがいなくなり冤罪だとわかったことで、エリオットはかなり追い詰められているようだ。邪魔者だからと追い出したくせに、いざ自分がこうなればロザリンダのせいにするなんて不愉快極まりない。

「今更、わたくしに何の用？」

「だから、貴様の罪はなくなったと言っているだろう？　オリビアに手を出した奴は他にいたんだ」

さも当然のようにエリオットは言った。だからといって国を出て行ったロザリンダには関係のない話である。

それにロザリンダを貶《おとし》めた令嬢は、またエリオット達の手で国外に追放されたのだろうか。

「まさかその令嬢も国から追い出したの？」

「すぐに処刑したに決まっている」

「……え？」

「小賢しい真似をして俺を騙したんだ。当然だろう？」

「…………最低だわ」

「ロザリンダ……お前を処刑せずに国外に追放したのは俺なりの温情だったんだ。感謝するがいい」

声も出せずに絶句していた。エリオットは自分の都合のいいように事実を捻じ曲げている。ロザリンダはエリオットに対する激しい怒りで頭がおかしくなりそうだった。

「今すぐ……今すぐヴェルタルに帰してっ！」

「何を言っているんだ？　お前と俺は結婚するんだ。ロザリンダ・ビビエナとしてな」

「は……？」

「婚約を破棄したことも、国外に追放したことも間違いだった。真犯人は処刑したから、お前が戻ってくれれば今まで通りだ！　元通りなんだよ」

元通りという言葉に耳を疑った。しかも結婚する相手はオリビアではない。お前と俺、つまりロザリンダとエリオットのことだ。

「……っ、馬鹿にするのもいい加減にして！　あなたはわたくしに婚約を破棄すると言ったはずでしょう？」

「俺だってオリビアを王妃として迎えたかったさ！　けれど周囲がそれを邪魔するのだ……忌々しい。お前と結婚し、オリビアをそばに置いて愛でる。それで全てが丸く収まるんだ」

怒りを通り越して呆れていた。どこまでロザリンダを馬鹿にしているのか。以前のように戻れると信じて疑わないエリオットにロザリンダは頭を抱えてしまう。

「結婚なんて絶対にしないわ。お断りよ」

「ははっ……あんなに俺と結婚したがっていたのに今更何を言っているんだ」

王妃になりたかったのはエリオットが好きだったからではない。それを近くで見ていたため、エリオットも本当にロザリンダが欲していたものを理解しているだろうに。

「オリビア様を婚約者にすればいいでしょう？　オリビア様だって、それを望んでいたわ」

「……っ、それができなかったからお前を探していたんだろう!?」

「できない？　何故……？」

エリオットは先程とは一転して浮かない表情になる。オリビアと婚約できないとなると一番の原因は国王と王妃の反対だろうか。それかオリビアの能力不足が大きな要因だろう。ロザリンダが注意したとしても、直すつもりはないのか、オリビアの無礼な態度はずっと続いていた。こんなところも原作のオリビアと違っている。

それに以前のオリビアならばエリオットのそばに強くいたいと願い、この場にいてもおかしくはない。

「オリビア様もあなたと結婚するつもりはないのね。それでオリビア様をどう愛でるつもり？」

「うるさい……！　俺が王太子に戻ればっ」

「オリビア様は本当はあなたの元を離れたがっているんじゃないの？　愛想を尽かされて苛々しているのではなくて？」

「……ッ」

エリオットの表情を見て大体ではあるが状況を把握することができた。ロザリンダを取り戻したいのは、自分の地位を守るためとオリビアを近くに置いておくため。恐らくオリビアは追い詰められていくエリオットを切り捨てたのだろう。

（やはり原作とは違って、エリオットを心から愛しているわけではないのね。王妃の座を欲していない。なら一体、何を企んでいるの……？）

原作とは関係のないオリビアの行動と見えない目的。

けれど、そんな事情はロザリンダには関係ない。もう一度エリオットの婚約者になるなんてありえないからだ。

「あなたと結婚なんて死んでもごめんだわ……！　絶対に嫌」

エリオットと結婚して、何事もなかったようにあの国で暮らすなんてありえない。

「どうやら国から出て平民として暮らし、頭まで馬鹿になったようだな。自分の立場がまだ把握できないのか？」

「把握できているわ、十分にね……！　自分の置かれた状況を理解していない馬鹿はどちらかしら？」

「……！」

エリオットは手を振り上げて容赦なくロザリンダの頬を叩く。マーシャルがすぐに間に入るが、気が収まらないのか目の前で暴言を吐き散らしている。

しかしロザリンダが生きて帰ることが条件だからか、下手に手出しができないのだろう。それがわかっているから、こうしてロザリンダもエリオットを挑発していた。

「感情に任せて女性に手を上げるなんて随分と落ちぶれたものね」

「なっ……！」

殴られても尚、抵抗をやめないロザリンダの強気な態度にエリオットもマーシャルも困惑している。

ロザリンダはずっと模範的な令嬢だった。騎士達の前でも感情を荒らげたことなど一度もない。

（本当に……最低な気分だわ）

たとえボコボコにされようとも構わない。むしろされた方が都合がいいかもしれない。エリオットにやられたと言って、更に立場を追い込んでやることもできる。しかし残念ながら、これ以上エリオットがロザリンダに手を出すことはなかった。

そういえばいつもこうしてエリオットが暴走する前に諌《いさ》めている人物、ハリーの姿がないことに気づく。ラフィ王国の現状を把握するためにも、ハリーと話をした方が早いだろう。オリビアと違って彼がエリオットの近くにいないのは考えられない。

「……ハリー様は？　ハリー様と話をさせて！」

「アイツは俺に刃向かってきたからな。ヴェルタルに置いてきた」

「置いてきた？　何を、言っているの……？」

「お前をこうして連れ戻すことに反対したんだ。あの馬鹿は。だから罰を与えた」

「……!?」

「この俺にロザリンダに謝罪をしてから話し合えと言ったんだ。ありえないだろう……あんなに頭の悪い奴だとは思わなかった」

ロザリンダはあまりの驚きに声が出なかった。

（まさか……本当にヴェルタルに置き去りにしてきたというの？）

あのハリーがロザリンダを連れ去ることに反対したというのは意外に思えた。

最後に彼を見たのは、オリビアとエリオットと共にロザリンダを非難する姿。

謝罪をされたとしても簡単に許すつもりはないし、国に戻りたいとは絶対に言わないだろう。しかしハリーはそれをわかった上で誠実に対応するべきだと言ったのだ。

ハリーがいなくなれば、エリオットをうまくフォローできる者はいなくなる。ロザリンダもそうだが、エリオットはどうして今まで自分を支えてきた者達を簡単に切り捨てられるのだろうか。

マーシャルに確認するように視線を送れば、瞼を閉じて唇を噛みながら必死に堪《こら》えている。その反応から見るに、エリオットは本当にハリーをヴェルタルに置き去りにしてきたようだ。

「ハリーはヴェルタルで勝手にいなくなった。なぁ、そうだろう？」

命令にも聞こえるエリオットの言葉に、騎士達は視線を逸らしながらも小さく頷いている。

「あの無法地帯でいなくなったと言えば、察しがつくだろう。はみ出し者が集う塵溜《はきだめ》のような国だからな」

エリオットの偏見とも言える発言を聞いて怒りが込み上げる。

（……ヴェルタルのことを何も知らないのに）

あまりの非道さに殴り飛ばしたくなったが、拘束された腕では不可能だろう。先程から何度も「急げ」「もっとスピードを出せないのか」と御者を急《せ》かしている。

今すぐにビビエナ公爵の前にロザリンダを連れて行き、王太子に戻りたいというエリオットの意思が透《す》けて見える。

（このままアダンとエデンと会えなくなるなんて嫌よ……！　隙を見て逃げ出さないと）

ガタガタと揺れる真っ暗な荷馬車の中で不安は大きくなっていく。アダンとエデンと一緒に何日も何日も時間をかけて歩いたのに、あっという間にラフィ王国へと到着してしまう。

拘束された状態で、ビビエナ公爵邸に帰すわけにはいかないからか腕の拘束は外された。すぐにエリオットの胸元を掴んで手を振り上げるも、複数の騎士に取り囲まれてしまう。

久しぶりに自分の無力さを突きつけられて悔しくなった。アダンのように魔法を使えたらどんなによかったか。

エリオットはフンと鼻を鳴らすと、誇らしげにビビエナ公爵邸に入って行く。

その間、ロザリンダは隣にいるマーシャルに「このままで本当にいいの？」と問いかけた。しかし彼は苦しげな表情で小さく首を横に振るだけだった。

ビビエナ公爵と夫人は飛び出すように邸から出てくる。

街娘の格好をして激しく抵抗し続けたせいでボロボロになっているロザリンダの姿を見て心底驚いた様子だった。

しかしすぐに眉を寄せる。

「まぁ……汚いわ」

「今すぐその薄汚れた格好を着替えさせろ……！　ビビエナ公爵家の人間としてありえない」

二人は久しぶりに娘と再会したのにも関わらず、無事を喜ぶことも、涙を流すこともない。まるで汚いものを見るような視線を感じていた。

「ビビエナ公爵、ロザリンダを無事に連れ戻しました。これで約束は果たしましたよっ！」

そんな中、エリオットはロザリンダの無事を必死にアピールしている。

「これが無事ですって……？　傷だらけじゃないっ！」

「そ、それはロザリンダが抵抗して……！」

「そんなことは関係ないわ！　王家はどう責任を取るつもりかしら」

腫れた頬と荒れた手首を見たビビエナ公爵と夫人は、エリオットを激しく責め立てている。

それはロザリンダが心配だからではない。ロザリンダの価値が下がることを恐れて言っているのだと自然と理解できた。そこに親子の愛情はない。道具としか娘を見ていない二人の態度に言葉が出てこない。

エリオットは必死に弁解をしていたが、ハリーがいなければこの程度だ。うまく言い訳できずに口ごもる。

ロザリンダは複数人の侍女に腕を引かれて、引き摺られるようにしてビビエナ邸へと足を踏み入れた。


——その日からロザリンダ・ビビエナとしての生活が始まった。

騎士達に殴られたミゲルの怪我は大丈夫だろうか。

仕事を無断欠勤してしまい、ティナは怒っているだろうか。あの日、アダンとエデンと話をする約束をしていたのに、何も話を聞くことができないままロザリンダはここにいる。

ロザリンダは隙を見て何度もビビエナ公爵邸から逃げ出そうとしたが、すぐに見つかり連れ戻される。部屋には外側から鍵が掛けられて、ロザリンダの行動を監視するように侍女や護衛を増やされてしまう。

部屋の窓には鉄格子が嵌められ、扉には鎖と南京錠。部屋にロザリンダがいるか数時間に一度はチェックが入る。それでもヴェルタルに戻ることを諦めたくはなかった。

（……まるで罪人だわ）

どうにかしてこの場所から抜け出したい、そう思っていたロザリンダにとってまさかの出来事が起こる。

ビビエナ公爵と夫人が登城して帰ってくると、当然のように「再びエリオットの婚約者に戻れ」と告げられたのだ。

ロザリンダが絶句していると、二人は機嫌がよさそうに「これで何もかも元通りだ」と、そう言って笑ったのだ。

国王と何の取り引きをしたのかは知らないが信じられなかった。

ロザリンダの気持ちなど、どうでもいいのだろう。苛立ちに手のひらをギュッと握り込む。

「絶対に嫌よ……っ！」

「ロザリンダ、どうしたんだ。あんなに王妃になりたいと言っていたじゃないか」

「なりたくありませんわ！」

「確かにお前の気持ちはわかる。エリオット殿下に裏切られて辛かったことだろう。だが、そんなことはもうどうでもいい」

「…………は？」

「ロザリンダはこの国の王妃になるために生まれてきたのよ？」

「王妃になるために生まれてきたですって？　勝手なことを言わないで」

「確かに王家は許されないことをした。けれどこれはチャンスでもある。お前のためだ……王妃になると言えっ！　言うんだ、ロザリンダ」

「言わないっ！　わたくしは道具じゃないわ」

『ロザリンダ』の気持ちを代弁するように叫ぶ。

今までロザリンダは二人に対して従順で反抗したことはない。しかし真っ向から否定するロザリンダを見てビビエナ公爵は怒り、夫人は苛立っている。

頷くまで洗脳のように繰り返される言葉に悔しさが滲《にじ》む。こんな中で育ってきたロザリンダが、王妃に執着した理由がよくわかるような気がした。

この場所は異常だ。ビビエナ公爵や夫人からすれば、ロザリンダの方がおかしいのだろう。

(……このままこんなところにいたらダメになる！)

最後はビビエナ公爵が折れるようにしてロザリンダの部屋から出ていった。毎日、同じようなやり取りをしていたが、ロザリンダが頷くことはない。

数日後、機嫌のいいビビエナ公爵がロザリンダの部屋に入ってくる。

「今日はエリオット殿下の元へ行くぞ。国王陛下と王妃陛下がロザリンダに直接話があるそうだ」

「……行かないわ。絶対に」

「ロザリンダ、いい加減にしてくれ！」

「わたくしはエリオット殿下を許さない。話すこともない。結婚するつもりもないわ」

「ロザリンダ、そんなものは忘れてしまえと何度も言っているだろう！　エリオット殿下も反省している。もう二度とこのようなことはないとな」

「嫌なものは嫌、わたくしは行きません」

あの態度のどこが反省しているというのだろうか。どう見ても上辺だけだ。

「今、お前が結婚すれば全てが元通りどころか、それ以上を得ることができると言ってるんだ！何故それがわからないんだ。社交の場にも出ずにお前はっ」

「では、わたくしを公爵家から除籍してくださいませ」

「……なん、だと？」

「捨てていただいて構いませんわ。気に入らなければ自分から出ていきますので」

「このっ！　我々がどれだけお前に労力と金をかけたと思っているんだっ！　平民になってどんな余計なことを吹き込まれたのかは知らないが、あまり調子に乗らないことだな」

従順な時は「公爵家から出て行け」と脅していた癖に、出て行くと言えば労力と金の話をして、追い出そうとはしない。それはエリオットが犯した間違いのおかげで、公爵家にとって相当いいものを得ることができるからだろう。

国王も王妃もエリオットがこれだけのことをしでかしたとしても、なかったことにするつもりなのか。

口ではロザリンダを庇《かば》いながらも結局は息子が可愛いのだ。

そんな奴らの思い通りにさせたくないと、ロザリンダは精一杯の抵抗をしていた。無理矢理体を掴まれても、部屋のベッドにしがみついて絶対に離れなかった。

岩のように動かなかったため、今日は連れていくのは無理だと諦めたようだ。何より支度ができないため、寝衣のまま外に出すわけにはいかないのだろう。

ロザリンダが思い通りにならないことで、ビビエナ公爵と夫人は苛立ちを募らせていた。しかしいくら脅されて罵倒されようともロザリンダが怯《ひる》むことはない。

（この国から出て、ヴェルタルに向かった時に比べたら大したことないわ……！）

幸い、ロザリンダを傷つけることができないためか、こんな単純な作戦でもうまくいった。

けれど無理矢理、結婚式の日取りも決められて、ロザリンダのことなどお構いなしに話は進んでいく。そのことが腹立たしくて仕方なかったが、暴れて結婚式をめちゃくちゃにしてやろうと気合十分だった。

『ロザリンダお嬢様は平民として生活するうちに別人になってしまった』

『あまりのショックで記憶を失った』

公爵邸で働く人たちは口を揃えてそう言った。教会から神父が来たり、悪魔祓いもされたが、当たり前だがどこにも異常はない。

巷では、婚約破棄をしたが冤罪とわかり出て行ったロザリンダの大切さに気づいたエリオットが、彼女を血眼で探し回り、謝罪して許された。二人の愛は更に深まった……と意味がわからない方向に美化された話が広がっているらしい。

ロザリンダが部屋に閉じこもって社交の場に顔を出さないでいることも、体調不良だと言っているそうだ。

しかし嘘をついたところで全て無駄に終わるはずだ。

たとえ何を言われたとしても、ロザリンダは最後まで抵抗を続けるつもりでいる。それにエリオットと共にいるところを一度も見せなければ、噂が事実ではないと自然と気づき、そのうち悪い方向へと話は進んでいくはずだとロザリンダは思っていた。

今、エリオットはパートナーなしで公務に行き、パーティーに出ている。

相変わらず結婚式の準備を無理矢理、押し進めようとしているが、ドレスの採寸もできず挨拶回りも進まない。予定はどんどんと崩れている。

お手上げ状態になったビビエナ公爵から責められたのか、国王と王妃はエリオットを連れて謝罪をするためにビビエナ公爵邸を訪れた。

しかしロザリンダは部屋に立てこもり、本棚で扉を塞いで面会を完全拒否。これは宿で盗賊に襲われそうになった時に、アダンとエデンとこうして乗りきったことを活かしたのだ。

やはりエリオットが原因だと思ったのか、別日に国王と王妃が『話をしよう』と会いにきたが、ロザリンダは応じなかった。

それでも扉越しにエリオットとの結婚を進めようとする国王と王妃に『他の令嬢との結婚をおすすめいたします。エリオット殿下との結婚だけは絶対に考えられません』と告げた。

そもそも今までロザリンダがエリオットから受けた仕打ちを知りながら、何故こんなことが平然と言えるのか全く理解できない。思い込みの激しいビビエナ公爵とは違い、状況をわかったうえで言っているからこそ、ますます腹立たしく思える。

キッパリとエリオットとの結婚を拒否したことに加えて、王家もエリオットのせいでロザリンダがこうなってしまったため、強く出られない部分があるのだろう。

「エリオット殿下の愛するオリビア様とのご結婚を進めるのはいかがですか？」

ロザリンダがそう言うと二人は言葉を詰まらせた。今更、オリビアを婚約者にすることはできないことはわかっていた。そしてロザリンダに拒否され続けるエリオットはビビエナ公爵と国王に責められても為す術はない。板挟み状態のエリオットは苦しんでいる。ある意味、このことがロザリンダからの復讐となっている。

ビビエナ公爵と夫人の暴言は日に日に増していくが、今のロザリンダにとっては痛くも痒くもない。

「ビビエナ公爵家がどうなってもいいのか！」

「ええ、別に構いませんわ」

「……っ⁉」

ビビエナ公爵家がどうなろうと関係ない。公爵家の都合のいい操り人形になるつもりは毛頭ないからだ。


そしてあっという間に二週間が経とうとしていた。相変わらず軟禁生活は続いていた。いつも世話をしてくれる侍女のマリーが、今日も南京錠を外して部屋の中に入る。

そしてロザリンダの予想通り、社交界にはこんな噂も広まりはじめたそうだ。

『ロザリンダはエリオットに愛想を尽かして自分から出て行った』

『結婚を拒否して部屋に閉じこもるほどにエリオットのことを嫌っている』

一方的な婚約の破棄を告げられても、すぐに受け入れたロザリンダの様子や、今まで生きていたのにもかかわらず、自分から国に帰らなかったことを考えれば当然だ。

次第に美化された噂を信じるものはいなくなった。


「また抵抗したのですか、ロザリンダお嬢様」

「……まぁね」

「綺麗なお顔なのに、もったいないですよ？」

「いいのよ、別に」

最近ではいうことを聞かないロザリンダに手を上げる回数も増えてきた。

「ロザリンダお嬢様って貴族の令嬢とは思えないくらいに根性ありますね」

「……そうかしら」

「でもどれだけ抵抗しても逃げられませんよ？　旦那様は、また護衛を増やしたみたいですし」

マリーはロザリンダがいなくなってから雇った侍女で、以前のロザリンダの姿を知らないためか他の侍女と違い、かなり友好的である。

ロザリンダが拒否し続けたことが功を奏したのか、エリオットは国王達の忠告を無視して、今度はオリビアを取り戻すことに全力を尽くしている。しかしオリビアはエリオットなどまったく眼中にないようだ。

『オリビア・デルタルトは運命の相手を探している』

そんな話を情報通のマリーから聞いていた。やはり何もかもが元通りとはいかないようだ。

「それでお父様とお母様は……？」

いつもロザリンダを説得にくる時間なのに今日は姿を見ていない。これだけエリオットを拒否しているのに、諦めずに結婚することを進める両親には呆れてしまう。

「旦那様と奥様は王城に向かわれました」

「……どうして？」

「竜人族の王族の方が城に来ているようですよ！」

「竜人族……⁉」

竜人族と聞いて、パッと思いつくのはミゲルの姿だ。あの日からロザリンダはずっと彼の無事を祈っている。

「はい。もしかしてお嬢様は竜人族がお嫌いですか？」

「いいえ。竜人族は皆とてもいい人よ……でも、ラフィ王国に何の用かしら」

ティナの食堂で働いている時に、立派なツノを生やした竜人族を何人も見たことがある。彼らと常に共にいる竜の体は大きく食堂には入らないため、寂しそうに窓の外から中を覗き込んでいた。

ラフィ王国とドラゴネス王国は交流があるものの、そこまで深い繋がりはなかったはずだ。

「それがなんと、年頃の御令嬢がいる家を回っているそうですよ！」

「令嬢がいる家を？　何故……？」

「もちろん結婚相手を探しているに決まっているじゃないですか！」

「……え？」

「人間の女性に興味があるみたいで、勉強のためにラフィ王国を訪れたみたいですよ」

「それって本当に結婚相手を探しているの？」

「うーん、詳しくは私もわかりませんけど竜人族の王族の方と結婚なんて夢がありますよね。婚約者のいる御令嬢も、もし自分が選ばれたらってソワソワしていますよ？」

「マリーはどうしてそんなに詳しいのよ」

「うふふ、ただの噂好きですよ！　それにとっても綺麗な竜を連れているんですって」

マリーはご機嫌にロザリンダの髪をとかしている。

「そして今日はなんと、ビビエナ公爵邸を訪れる日なのです！」

「……なんですって？」

「旦那様と奥様に気合いを入れるように言われているので、今日こそはしっかりとおめかしいたしましょう！　それから竜人族の方に気に入られるように、だそうですよ？」

「気に入られるようにって、なんで……？」

「エリオット殿下から乗り換えるつもりなんですかね。ついにロザリンダお嬢様の抵抗が実を結びましたね」

「乗り換えるって、本当に？」

「でも、奥様と旦那様はエリオット殿下でなくとも他国の王族に嫁ぐならそれでもいいって言っていたのを聞いた人がいて……」

エリオットと関係がうまくいかないことを見越して、次の手を打つつもりなのだろうか。どうやら王族であれば種族が違っても関係ないようだ。そこにロザリンダの意志はない。

「旦那様と奥様も、今回のロザリンダお嬢様の件でやりたい放題ですね」

「…………そうね」

「それに未来のドラゴネス王国を支える高貴な方みたいですよ！　もしロザリンダお嬢様がドラゴ

ネス王国の王妃様になったら、ラフィ王国初ですね」

「ありえないわ。でも、会ってみたい」

「ロザリンダお嬢様がそう言ってくださってよかったです。必ずやロザリンダお嬢様の魅力を引き出してみせます。マリーに任せてください！」

同じ竜人族ならば、ミゲルのことを何か知っているかもしれない。そんな希望を見出したため、不本意ではあるが今回は両親の思惑通り動こうと決めた。エリオットと結婚するしか道がないと言われるよりはいいだろう。

もしかしたら外に出るチャンスがあるかもしれない。そう思いロザリンダは準備を終えて部屋から出ると、外で待ち構えていたビビエナ公爵と夫人は嬉しそうに顔をほころばせた。

その背後にはロザリンダの考えを見透かしていたように大量の護衛がいる。

両親の期待のこもった視線と言葉を無視するようにして竜人族が待つサロンへと足を運ぶ。

（どんな竜人族の方かしら。話がわかる方だといいけれど）

竜人族といえば、屈強な肉体と立派なツノを想像してしまう。丈夫な体と素手で竜を従わせる強さを持っている。竜と共に生きる不思議な一族だ。

（ミゲルのことやヴェルタルにいる竜人族の知り合いだったらいいのに……でも、もし何も知らなかったら？）

ロザリンダは緊張から胸を押さえていた。扉がゆっくりと開く。ロザリンダがドレスの裾を持ち上げて挨拶しようとした時だった。

目の前にいる青年の姿を見た瞬間、ロザリンダは驚きに声を失った。

(……まさかミゲル⁉　どうしてここに)

ロザリンダはミゲルが無事でいてくれたことに安堵して、思わず口元を押さえた。ミゲルが竜人族だということは知っていたが、この場にいるということはマリーが言っていた通り、彼は竜人族の王族なのだろう。

以前はモコモコの髪に隠れて目に見える場所にツノはなかったが、今ではスッキリと切られた銀色の髪と共に立派な白いツノが頭に生えている。

前髪で覆い被さっていた目元も露わになり、エメラルドのような瞳がロザリンダを見て優しげに細まった。

ロザリンダは思わず名前を呼ぼうと口を開くが、ミゲルが人差し指を立てて口元へと寄せる。それを見て小さく頷いた。

そしてミゲルの背後にローブを被りながら立っている二人の姿を見て心臓が跳ねた。

背格好、金色の美しい髪、ローブから見える蜂蜜色の瞳を見間違うはずがない。

アダンとエデンがここまで助けにきてくれたのだ。ロザリンダは動揺を振り払い、何事もなかったように笑顔を作る。

声が出そうになるのを唇を噛んで堪《こら》えながらも、ロザリンダは周囲に怪しまれないように挨拶をする。

「……ロザリンダ・ビビエナですわ」

「ロザリンダ様、お目にかかれて光栄です。僕はドラゴネス王国の第三王子、ミゲルナ・ドラゴネスです」

どうやら『ローザ』と同じで『ミゲル』も偽名だったらしい。

（どうにかして三人と話したい……！　チャンスはないかしら）

ロザリンダはそわそわとした気持ちのまま、当たり障《さわ》りのない会話を繰り返す。ビビエナ公爵達の期待が込められた視線を感じていた。

そんな時、キューと可愛らしい声で鳴いた白竜がロザリンダにアピールするように体をくねらせた。そしてミゲルナが白竜を撫でた後にチラリとロザリンダに目配せする。

ミゲルナの言いたいことがわかったロザリンダは白竜の話題を出すために口を開く。

「ミゲルナ殿下、とても美しい竜ですわね」

「えぇ。ドラゴネス王国では白竜シロナと黒竜クロスを筆頭に様々な竜がおります。彼等との繋がりは切っては切れないもの……その中でも白竜と黒竜は特別です。僕は将来、シロナとクロス、そしてそのパートナーと共にドラゴネス王国の王として国を支えていきます」

ミゲルナの『特別』『王』という言葉を聞いて、ビビエナ公爵達の表情から喜びが漏れ出ている。

ミゲルナはニコリと優しい笑みを浮かべていた。

一緒に働いていた時のミゲルは気弱でオドオドした態度が目立っていたが、以前の話し方が嘘のように堂々としている。

まるで別人のようだ。

落ち着かない様子でシロナがクルクルと部屋の中を飛び回っている。

それには初めて間近で竜を見た公爵達と侍女達も驚いている。シロナがミゲルナのそばに向かうと、ミゲルナは困ったように眉を寄せながらシロナを撫でた。

「申し訳ありません。シロナの気が立っているようです。白竜は悪意や欲望に敏感なもので」

「……！」

「ビビエナ公爵、シロナが落ち着くまでロザリンダ様と二人きりにさせていただきたいのですが……」

ビビエナ公爵は困惑したようにシロナを見ていた。そんな中、夫人が心配そうに声を上げる。

「ロザリンダを危険な目に遭わせるわけには……」

夫人の言葉にシロナはグルグルと威嚇するように声を出す。

「シロナはとても賢い竜です。それに白竜は別名〝癒しの竜〟とも呼ばれて、争い事を好みません」

「お父様、お母様、わたくしは大丈夫ですわ。これ以上、お客様に失礼なことはできません。わかりますでしょう？」

「そ、そうね……ロザリンダ、しっかりね」

「お前達、早く下がれ……！　行くぞ」

ビビエナ公爵と夫人、侍女達は足早に部屋から出て行った。

パタリとドアが閉まったのを確認したのと同時に、ロザリンダは立ち上がってフードを取ったアダンとエデンに思いきり抱きついた。懐かしい匂いと、再び二人に会えた嬉しさで涙が滲《にじ》む。

「――アダンッ！　エデン！」

「ローザ……！」

『ローザ、大丈夫だった？』

「……会いたかったわ！」

再会を喜んでいると、ミゲルナに巻きついていたシロナは自分の存在をアピールするように鳴きながらロザリンダに擦り寄った。

「こんにちは、シロナ……とても綺麗ね」

シロナはクンクンと匂いを嗅ぐと、嬉しそうにロザリンダの首に巻きついた。皮膚はすべすべとしていて冷たくて不思議な感覚だった。

「ふふっ、くすぐったい」

それを見て嬉しそうにしているミゲルナに視線を送る。

「ミゲルナ殿下、ありがとうございます！　それよりも、あの時の怪我は!?」

「僕のことは、いつものように名前で呼んでください」

「……！　わかったわ。ミゲルナ」

「ありがとうございます、ロザリンダさん。怪我はエデンさんとシロナのおかげで、すぐよくなりました」

「ごめんなさい、あなたを巻き込んでしまって……」

「いいえ、こちらこそロザリンダさんを守りきることができなくて申し訳ありません。自分に力がないことをこんなに悔いたことはない。不甲斐ない僕を許してください」

「そんなことないわ！　ずっとずっと心配していたの。ミゲルナが無事で本当によかった……！」

ロザリンダはミゲルナを抱きしめた。ミゲルナも背に腕を回して「また会えて嬉しいです」と小さく呟いた。それを見たアダンの眉がピクリと動くのをエデンが肘でつつく。

「ティナさんが協力してくれたんですよ」

「……ティナさんが⁉」

「はい」

ロザリンダ達の恩人であるティナの姿を思い出していると、すぐにアダンに手を引かれて腕の中に抱き込まれてしまう。

「ちょっと、アダン……！」

「もういいだろう？」

何がもういいのかわからずに困惑していると、エデンが誤魔化すように話を振る。

『いつものローザの姿も素敵だけど、ドレス姿はとても綺麗だね！　ねぇ、アダン』

「……。あぁ」

「ありがとう、アダン、エデン」

二人の前ではずっと平民のローザとして振る舞っていたせいか、戸惑う気持ちと恥ずかしい気持ちが混在していた。

それに三人がここにいるということは、ロザリンダがラフィ王国の公爵家の令嬢でエリオットの婚約者であることも、もうわかっているだろう。

「自分で話す前にバレてしまったわね……」

あの日、自分の口から告げるつもりだった真実は思わぬ形で明かされてしまった。

そう言うと困ったように二人は首を横に振る。

そんな時、シロナがピクリと反応して、じっと扉を見つめている。

「あまり時間はなさそうですね。ロザリンダさん、僕達はあなたを助けに来ました」

『でも僕達が今、ローザ……じゃなくてロザリンダを無理矢理攫《さら》ったら、あの王子と同じになってしまう』

「それに、ヴェルタルに迷惑を掛けるわけにはいかない」

どうやらアダンとエデン、それにミゲルナは誰に攫《さら》われたのかを知っているようだ。

「……何故、そのことを」

「俺達はロザリンダが攫《さら》われたあの日、どこに連れ去られたのか、どうすれば救えるのか……皆で集まって話し合っていたんだ」

『そんな時、ラフィ王国の王太子エリオットが犯人だと店に報告してくれた人がいたんだ』

「え……？」

『その人が僕達に色々と教えてくれた。申し訳ありませんって、何度も泣きながら謝っていたよ』

「……それって、もしかして」

「そう。ロザリンダも知っているハリー・テルータだ」

その名前を聞いてハッとした。そういえばエリオットはハリーをヴェルタルに置き去りにしてきたと言っていた。それに謝罪と話し合いをと言っていたのもハリーだ。

（みんなに事情を話してくれたのね……自分が危ない目に遭《あ》うかもしれないのに）

ハリーは店を閉めて話し合っていた時に突然、現れたそうだ。

ロザリンダをラフィ王国から追い出した経緯や理由。いなくなってから冤罪とわかり、ずっと国内を捜索していたこと。そして自分達の地位を守るために、騎士達と共にロザリンダを無理矢理攫《さら》ったこと。

そして近々、エリオットはロザリンダと結婚するだろうということも……

ロザリンダを取り返すためにはラフィ王国へどうやってアプローチしていけばいいか。怪しまれずにロザリンダの元に行くには何をすればいいのか。

もし二人の関係がうまくいっていない場合、エリオットはどう動き、ロザリンダの両親であるビビエナ公爵はどんな対応をとるのか。

ハリーの情報提供のおかげで、スムーズに準備を整えることができたそうだ。

「それで、ハリー様は今どこに？」

「ハリーさんは、あの日から食堂でエルザさんの手伝いをしています」

『話せば長くなるんだけど、ティナさんがハリーを気に入って……今、色々と教えているんだ』

エリオットに置き去りにされたハリーを、ミゲルナとロザリンダが抜けた穴を埋めるために雇ったそうだ。そして行く場所のないハリーに住む場所を提供して世話をしている。

「……さすが、ティナさんね」

『彼はずっとロザリンダのことを気にしていたよ。本当に申し訳ないことをしたって』

「そう……」

「事情を聞いたハリーさんは、僕にも丁寧に頭を下げて謝罪してくれたんです。彼はあの時、あの場にいなかった。直接、何もしていないのに」

「ミゲルナ……」

「ハリーさんが全て話してくれたおかげで、ロザリンダさんの事情を把握しているのです。こうして人間に興味を持った僕が、貴族の方々の家を回っていると言って接触を図りました」

「侍女が結婚相手を探してるって言っていたけど……」

「はい。そういう風に匂わせた方がいいとハリーさんが教えてくれました。明確に宣言しない方が動きやすいとアドバイスしてくれたんです。僕の立場やドラゴネス王国のことも考えてくださって……」

ミゲルナはあえて「貴族の御令嬢に興味があるのです。ドラゴネス王国の女性はとても強いですから」と言いながら上手く誘導したらしい。

そしてミゲルナの言葉をラフィ王国は都合のいい方向に解釈しているようだ。

「あくまでも予想に過ぎないので、まずは今の詳しい状況をロザリンダさんに直接聞いて判断した方がいいと」

「ハリー様……さすがだわ」

『ロザリンダ、手短に今の状況を教えて』

「わかったわ」

今、エリオットとの結婚式に無理矢理、出席させられそうになっていること。全力で抵抗しているが結婚式の準備はどんどん進んでいること。そして何度も逃げようとしたせいで今は部屋から出ることができないと伝えた。

「そうか。あまり時間はなさそうだな」

「えぇ、全力で抵抗しているけど、そろそろ限界かもしれないわ。力尽くで連れてかれてしまえばもう……」

『だから頬が腫《は》れているんだね』

エデンの温かい手のひらが頬を撫でる。淡い金色の光と温かさが広がるのと同時に、頬のジンジンとした痛みが引いていく。

「……エデン、ありがとう」

『どういたしまして、ロザリンダ』

懐かしい感覚にエデンの手のひらに頬を擦り寄せた。

「だとしたら、やはり僕が求婚したとしても王家に跳ね除けられてしまう可能性が高いですね。逆に僕がしつこくロザリンダさんを欲すれば、王太子がロザリンダさんに執着してしまうかもしれないってハリーさんが言っていたんです」

「エリオット殿下は今、オリビア様の心を取り戻そうと必死だから……」

『本当、最低だね。ロザリンダと結婚するといいながら、そのオリビアって令嬢に夢中なんでしょう？』

「それもハリー様から聞いたの？」

「あぁ」

アダンは不機嫌そうに頷いている。今、エリオットはオリビアに無視されて拒否され続けている。最近では自分が王位を継げばオリビアが戻ってくると決め込んで、ムキになっているらしい。エリオットは王位のために必要なビビエナ公爵家からの後ろ盾を得ようと『絶対にロザリンダを妻にする』と頑《かたく》なになっているそうだ。

「エデン……やはり俺はあの方法がいいと思う」

『そうだね。僕もアダンと同じ気持ちだよ。その方が話が早くて一気に片づくしね」

「これで堂々とロザリンダを迎えに行ける」

『そのためには、もうひと踏ん張りだね。もう少しでお父様達を説得できる……頑張ろう、アダン』

アダンとエデンが目を合わせて力強く頷いた。

「ロザリンダ……必ず迎えに来るから」

『もう少しだけ頑張れる?』

「えぇ。アダン、エデン……無理だけはしないでね」

「ああ、約束する。俺達を信じてくれ、ロザリンダ」

『その時が来たら、どうか僕達を受け入れて欲しい』

アダンとエデンの言葉の意味を問おうと、口を開こうとした時だった。

ノックの音と共にビビエナ公爵達が中に入って来る。二人は急いでフードを被った。

「……ミゲルナ殿下!　うちの娘はいかがでしょうか?」

「幼い頃から王妃にするために育てあげた自慢の娘ですわ。今はこの国の王太子の婚約者ではありますが、ミゲルナ殿下に気に入っていただけるのなら是非にでも！」

「ですが、エリオット殿下は納得するのでしょうか。ロザリンダ様は大切な婚約者では……？」

「もし話を進めていただけるなら我々がすぐにでも説得いたしましょう！　方法はいくらでもありますからな」

「その通りですわ。うちの娘は前々からドラゴネス王国に興味があると言っていたんです！　ねぇ、ロザリンダ？」

ミゲルナの言葉を前向きに考えていると捉えたのか、興奮して迫るビビエナ公爵と夫人にシロナは威嚇するように「シャーーッ！」と声を上げた。

あまりの迫力に押し黙ったビビエナ公爵達に「本日はこれで失礼いたします」と言ったミゲルナは立ち上がり、綺麗にお辞儀をするとアダンとエデンを連れて去っていった。

最後に『必ず迎えに行くから』そんな言葉を残して……

四章　運命の乙女

　あの日から一週間経ったが、アダンとエデンからは何の音沙汰もない。状況がわからないため不安が襲う。

　もしかして何かあったのではないか。予期せぬトラブルが起こってしまったのではないか……考えれば考えるほどに悪い方向に思考が傾いていく。

（こうなったらチャンスを窺《うかが》って逃げ出した方がいいかしら……！）

　最近、ロザリンダが大人しくしているせいか護衛達も気が抜けているように見えた。

　マリーがいつものように南京錠を外して部屋の中に入ってくる。

「ロザリンダお嬢様、聞いてくださいっ！　大、大、大ニュースですよ……！」

「マリー、落ち着いて」

　ロザリンダはマリーを宥めるように声をかけた。興奮しているのか頬は紅潮している。

「腰を抜かさないで聞いてくださいね！　なんと竜人族に続いて、幻の種族と言われている天族様がこのラフィ王国にやって来たんですッ」

「…………天族？」

「反応が薄いですね。はっ、まさか天族様を知らないんですか？」

「そのくらい知ってるわよ」

神の遣いと呼ばれていて背に真っ白な翼を持った幻の種族。エルフや妖精族と同様に天族は魔法を使うことができる種族だ。けれど天族は滅多なことでは天から降りてはこない。基本的には傍観者として神の指令がある時のみ、地上に降りてくる。

そしてその時に天族に選ばれた女性は〝運命の乙女〟と呼ばれて、幸せを約束されるといわれているが真実なのかどうかはわからない。そして魔族とは長年、敵対関係にあるそうだ。

「ロマンチックですよねぇ。わざわざ地上にお嫁さんを探しに来るなんて」

そう言ってマリーは瞳を輝かせている。百年前はエルフの少女が天族に見初められて結婚したらしいとマリーは語った。しかし百年も前の話なので、本当かどうかはわからない。

「本当に天族なんて存在しているの？」

「天族様を誰も見たことありませんもんね。でもこの世のものとは思えないほど美しいらしいですよ！」

「……そう」

「ロザリンダお嬢様ってば、もう少し興味を持ってくださいよ！　でも夢みたいですよねぇ。私も会ってみたいです」

マリーは手を合わせながら腰をクネクネと動かしている。

天族について話をしていると血相を変えたビビエナ公爵と公爵夫人が部屋に飛び込んでくる。王城で天族のために急遽、歓迎パーティーが開かれるということで、すぐに着飾り準備をしろとのことだった。

エリオットに会わせるつもりかと身構えていたが、どうやら本当にロザリンダを天族に会わせたいだけのようだ。

今は国中がお祭り騒ぎだそうで令嬢達は天族に選ばれようと、それはもう気合いを入れて着飾り準備をしているらしい。

ビビエナ公爵はどれだけ権力のある者にロザリンダを嫁がせるかに重きを置いているため、今度は天族にロザリンダを薦《すす》めようと気合十分である。

公爵達が持ってきたのは目がチカチカする派手なドレスだった。最近、両親を黙らせる方法はわかってきたので「シンプルなドレスならば大人しく王城に向かいます」と言うと渋々納得したようだ。

しかし、ロザリンダはこのチャンスを逃す手はないと思っていた。

（……この騒ぎを利用して、会場から抜け出せたら）

今は大人しく従うフリをして、隙を見て城を抜け出そうと考えたのだ。ドレスは動きやすいように一番シンプルなものを選んだ。

ロザリンダが今まで着用したことのない淡いラベンダー色のドレスは城の壁に溶け込むのにもっ

てこいである。

それにはマリーも両親も渋い顔をしていたが、城に行かないと部屋に立てこもられるよりはマシだと思ったのだろう。部屋にあった宝石や必要なものをドレスの中に忍ばせて準備万端である。

耳障《ざわ》りなアドバイスを右から左に聞き流しながら馬車で移動する。

城に着くと色とりどりのドレスが目に入る。鼻を塞ぎたくなるような刺激臭にフラリと倒れ込みそうになった。何とか耐えながら壁際へと移動したロザリンダが隙を窺っていた時だった。

「天族様が今度この国で〝運命の乙女〟を選ばれるんですって！　百年前はエルフの女性だったのでしょう？」

「運命の乙女……誰が選ばれるのかしら」

「一番、美しい方に決まっているじゃない！」

「でも怖いわ。天族様に逆らえば国が滅びるんでしょう？」

「そうよ。少し怖いけど、是非とも会ってみたいわ」

「本当に羽が生えているのかしら」

令嬢達の会話は情報の宝庫である。少し離れた輪の中で自分の名前が聞こえたため、そっと移動してから再び耳を澄ませる。

「真犯人は他にいて、ロザリンダ様は一方的に罪を押しつけられたのよ……おいたわしい」

「エリオット殿下も血眼でロザリンダ様を探して、やっと見つけ出して連れて帰ったそうじゃない。

ビビエナ公爵も相当お怒りだったのでしょう？」

「当たり前よね。だってロザリンダ様が帰ってこなければ、王太子として認めないっておっしゃったんだから」

「エリオット殿下はオリビア様にも見捨てられて……本当、惨めよね」

令嬢達の視線の先には、エリオットが一人で苛立ちながら佇む姿があった。

「ねぇ、知ってる？　オリビア様ってエリオット殿下に無理矢理従わされたって言って回っているんでしょう？」

「誰もそんなの信じる人いないわよ！　ロザリンダ様からエリオット殿下を奪っておいて本当に図々しいわ」

「エリオット殿下が未だにオリビア様に執着するせいで、ロザリンダ様は心を病んでお部屋から出られないと聞いたわ」

「これはお父様から聞いたんだけど、ロザリンダ様を連れ戻したのはオリビア様の気持ちを取り戻すためなんですって」

「まぁ……それではロザリンダ様のお立場が」

「いっその事、この国に帰らない方が幸せだったかもしれないわね」

ロザリンダはその言葉に何度も頷いていた。

（……ほんと、その通りだわ）

そんなエリオットは隈がひどく顔色が悪いように見える。やはりハリーがいなくなった影響はかなり大きいようだ。サポートを完璧にこなしていた彼がいなくなってから仕事は増えるばかりだろう。

それに公の場で失敗を繰り返していけば肩身は狭くなり、エリオット自身の評価も落ちていく。それを今までロザリンダとハリーが支えていたのだ。エリオットが苦労するのは当然の結果だと思った。

そしてハリーを隣国に置いてきたエリオットは、ハリーの父親であるテルータ宰相に何と説明をしたのだろうか。国王の隣に立つテルータ宰相は以前よりも明らかにやつれている。

(息子がいなくなったのだから、当然よね)

エリオット、オリビア、ロザリンダを中心にどの噂が真実なのか、わからないほどにぐちゃぐちゃになっている。

そんな時、ザワザワと騒がしかった周囲が静まり返る。皆の視線の先には見覚えのある姿があった。

「……オリビア様よ」

「オリビア様だわ！」

「あのお姿って……どういうつもり？」

純白のドレスを纏《まと》い、ゆっくりと歩いてくるオリビアは優しい笑みを浮かべている。まるで結婚式に着るウェディングドレスのようにも見えるが、天族を意識してのことだろうか。

今、天族がいる場所は王座を借りて、その周囲は布で覆い隠されている。何かを悟っているような穏やかな表情で、その場所を真っ直ぐに見つめている。

（一体、何をするつもりなのかしら？）

そんな疑問は増していく。未だにオリビアの目的がわからないままだ。あの時、ロザリンダを見下しながらほくそ笑んだオリビア。

今ではエリオットと結ばれることを望んでないようだが、王妃になるつもりもないのにロザリンダを蹴落とした理由がわからない。

ロザリンダが戻り、オリビアがどう動くのか気になっていたが、この気合いの入った様子を見るに本当の目的は天族だったのではないだろうか。

まるで自分を迎えに来たのだと言わんばかりの堂々としたオリビアの態度に、周囲は圧倒されている。けれどオリビアが何を企んでようとロザリンダに害がない限り関係ない。ロザリンダにとってこの国に大切なものは何一つないのだから。

（早くエデンとアダンのところに戻らなくちゃ……！）

この場所から早く抜け出したいが、ビビエナ公爵と夫人の視線を背後からヒシヒシと感じていた。

気持ちは焦るばかりだが、タイミングを見計らって慎重に動くべきだと思った。

（こんなチャンス、二度とないかもしれない……！）

今から順番に挨拶をするらしいが、身分が低い令嬢から行われていくようだ。恐らくロザリンダは一番最後になるだろう。

先程から天族と会って帰ってくる令嬢達は、幸せそうに胸に手を当てながら感嘆のため息を漏らしている。他の令嬢が何を問いかけても上の空で、譫言のように「美しい」「素晴らしい」「綺麗」と声が漏れ出ている。

そんな状態にしてしまう天族が恐ろしく思えた。

「オリビア・デルタルト様、こちらにどうぞ」

ついに令嬢達が待機している場所から子爵家であるオリビアの名前が呼ばれた。オリビアはこの時を待っていたと言わんばかりに自信溢れる態度で天族の元へと向かう。

そして今までの令嬢同様に惚けて帰ってくるのかと思いきや、予想外の出来事が起こる。

次第にオリビアの声が大きくなっていくのと同時に会場がざわつきはじめ、騎士達に引き摺られるようにして彼女は帰ってきた。

「——私が選ばれるはずでしょう!? 離してっ、離しなさいっ! 私が運命の乙女になるはずよ。そう決まってるの! 決まっているのよ」

先程とは一転して、髪を振り乱して叫び声を出すオリビアに令嬢達は驚き、口元を押さえている。

「私が運命の乙女になるはずだった」

「こうなることは前から決まっていた」

「私こそが天族に相応しい」

周囲が困惑するほどの暴れっぷりである。エリオットもオリビアに近づいたが思いきり腕が当たり、その場に尻餅をつく。騎士達の拘束を抜け出したオリビアは、再び天族がいる王座へと駆け上がっていく。

その暴挙を止めようと騎士達は寸前のところでオリビアの体を拘束した。国王も王妃も声を荒げてオリビアを止めるように叫んでいる。異常ともいえるその様子に周囲は言葉を失っていた。

会場が混乱してオリビアに注目が集まっている今こそ抜け出すチャンスかもしれないと、ロザリンダが壁を伝《つた》って扉まで歩き出した時だった。

オリビアが手を伸ばして王座を覆った布を引いたせいで、天族がいる場所が露《あら》わになる。ピタリと音がなくなった会場に気づくこともなく、ロザリンダは出口を目指していた。

「――ロザリンダ」

突然、名前を呼ばれて肩を揺らした。

(嘘……どうして逃げようとしたことがバレてしまったの？)

今、子爵家であるオリビアが呼ばれたということは、公爵家の令嬢が呼ばれるまでは、まだ時間はあると思っていたロザリンダの手にじんわりと汗が滲《にじ》む。

「ロザリンダ、来てくれ」

恐らく天族がロザリンダを直接、名指しで呼んだのだろう。国に帰ってから表に出ず、ずっと公爵邸に引きこもっていたロザリンダの素朴な姿に会場は騒《ざわ》ついている。

無数の視線を感じて、無視するわけにもいかずにロザリンダが振り返ると、王座に座っている二人の姿を見て言葉を失った。

「え……？」

ロザリンダの目の前……。そこにはあの日、迎えに来るからと言って去っていったアダンとエデンの姿があった。

けれど、ロザリンダが知っている二人とはかけ離れた容姿だった。

二人の体は青年の姿から更に成長して、大人の男性に変わっている。面影は残るものの、まるで別人のようだ。

金色の髪と瞳は以前よりもずっと輝きを増している。

人間離れした言葉では言い表せない美しさは天族と呼ばれるに相応しいように思えた。それに一番の驚きは、二人の背中に白く大きな羽が生えているという事実だ。

「嘘でしょう？　アダンとエデン……なの？」

「ロザリンダ、遅くなってすまない」

「アダン？　どうして……その姿は」

「約束通り迎えにきたよ。ロザリンダ」

「エデン、声が……！」

「うん。仕事を終えたから、力を全て戻してもらったんだ」

エデンの声は頭に響くものではなく、普通に耳で聞き取れるようになっている。

「ロザリンダのおかげで無事に天界に戻れたからね」

「……エデン」

「あの時は助けられなくてすまない。ロザリンダ」

「アダン……！」

二人が何故ここにいるかよりも、再び会えたことに安堵していた。

「天族様のお知り合いでしょうか？」

「ああ、お前達に理解しやすいように言うならば、ロザリンダは俺達の〝運命の乙女〟だ」

ふわりと羽根が広がり、アダンとエデンが目の前に降り立つ。白い羽根がヒラヒラと舞う幻想的な景色と二人を見つめたまま動けずにいた。

「僕達の目的はただ一つ……ロザリンダと共にいること」

「一緒に帰ろう、ロザリンダ。ロザリンダは何もできない俺達を守り、手を差し伸べてくれた」

「でも、それは……！」

小さく首を横に振る。ロザリンダは自分が国から出たいがために、アダンとエデンを護衛として雇い利用したに過ぎない。今でもあの時のことを思い出すと胸が痛くなる。

「いいや、違う。それに利用していたのはお互い様だ」

「アダン……」

「拒絶する僕達を必死に守ろうとしてくれた。家族のように接してくれたのはローザだけだよ」

「……エデン」

胸元で手を握りながら二人を見つめていた。戸惑う気持ちはあれど不思議と怖くはない。

「怖がらないで……ロザリンダ」

「大丈夫、俺達は何も変わらない」

「どうか本当の僕達を受け入れて欲しい」

「……！」

ロザリンダはある言葉を思い出す。

『その時が来たら、どうか僕達を受け入れて欲しい』

（本当の姿を受け入れて欲しい……そういう意味だったのね）

アダンとエデンが、一瞬にして以前の姿に戻る。

見慣れた二人の姿に、ロザリンダの無意識に緊張していた体の力が抜けていく。二人は笑みを浮かべながらロザリンダに手を伸ばす。その手のひらを掴もうとした両手を伸ばした時だった。

「——ちょっと待ちなさいよっ！」

汚れてボロボロになった白いドレスの裾《すそ》を掴み、こちらに突進するようにやってきたオリビアを見て目を見開いた。その後ろには騎士が腹や顔を押さえて倒れ込んでいる。オリビアの怒りに満ちた声が会場に響き渡る。

「なんで国から追い出されたはずのアンタが、アダンやエデンと親しいのよ⁉　おかしいでしょう。私が……私がずっと二人を探していたのに」

「……⁉」

「こんな展開、あんまりだわ！」

「……オリビア様、一体何をっ」

「ロザリンダの知り合いか？」

「……何だか嫌な感じだね」

「アダン、エデン……わかっているわ！　本当はその女じゃなくて、私を迎えに来たんでしょう？」

オリビアは引き攣《つ》った笑みを浮かべながら、手を広げて必死に訴えかけている。アダンとエデンはその言葉を聞いて思いきり眉を顰《ひそ》めた。

「……俺達の名前を気安く呼ぶな」

「僕は君のことを知らない。一体、誰なの？」

オリビアは二人の拒絶的な言葉に怒鳴り声を上げる。

「──そんなわけないじゃない！　私が本当の運命の乙女になれるはずだったの！　あなた達を探して救おうとしたのよ？　とても大変だったわ」

「妄言はやめてくれ」

アダンの一言にオリビアの手が下がっていく。

「俺達が愛しているのはロザリンダ、ただ一人だけだ」

「……!?」

「それに僕達はロザリンダを迎えに来たと伝えたはずなのに、どうしてこんなことになっているのかな？　こんなに大勢の人達を呼んで、彼女達に会わせて何をするつもり？　意味がわからないよ」

「不愉快だ。この国の人間には言葉が通じないのか？」

アダンがギロリと、国王と王妃、それと蹴り飛ばされた頬を押さえるエリオットを睨《にら》みつけた。

国王達は焦ったように顔を背けている。

二人の話を聞けば、最初から『ロザリンダを迎えに来た』と言ったが、勝手に令嬢達との顔合わせがはじまったことで苛立ちを感じていたらしい。

ロザリンダではなく他の令嬢を気に入るように仕向けたかったのか、それとも今更ロザリンダ以外の令嬢に王妃教育を施すのが面倒なのか定かではないが、そこに何かの意図があったことは確かだろう。

「――アンタのせいよっ！　私からアダンとエデンを横取りするなんて許せない！　私の努力が報われないじゃない。まさかあのタイミングで物語を知っている私より先に二人に出会ったというの!?　ありえないっ、嘘でしょう？」

「……!?」

「このままだと原作と同じ展開になってしまう……アンタが逃げ出したりするから私の物語が、めちゃくちゃになっちゃったのよ！　あそこで死んでいたらこんなことにはならなかったのにっ」

オリビアはロザリンダに八つ当たりするように叫んでいる。何故、オリビアは会ったこともないアダンとエデンの名を呼ぶのか。

その理由は恐らく、物語を知っている転生者だからだろう。憶測でしかないが途中で読むことを止めた自分と違って、オリビアは最後まで内容を把握しているように思えた。

（だから内容を変えようと違う動きをしていたのね……）

そして彼女の真の目的は、天族のアダンとエデンだったようだ。

そして気になるのは『原作と同じ』という言葉だ。

（もしかして……原作でもロザリンダは何らかの形でアダンとエデンと関わることになるのかしら）

だとしたら、オリビアはそれを阻止するために動いていたのかもしれない。

「私がアダンとエデンを買い取る予定だったの！　私が愛して育ててあげるつもりだったのに……っ、何で消えなかったの!?　どうして二人を奪うの？　おかしいじゃない。お前のせいですべて台無しよっ」

「……そのためにエリオット殿下を？」

「そうよ。だけどあの男は無能だったわ！　うまく利用しようと思ったのに……っ、余計なことばかりして。ハリーにしろマーシャルにしろ役立たずばっかりで嫌になるわ」

「……！」

「二人に愛されるのは私。アダンとエデンの運命の乙女はオリビア・デルタルトになるはずだったのにっ！」

オリビアの目的は最初からアダンとエデンだった。そして何らかの形で二人に関わるロザリンダを早い段階で消すためにエリオットに近づいて利用したということになる。

「オ、オリビア……？」

未だに夢から醒《さ》めないエリオットは、信じていたオリビアに無能と言われたことが余程ショックなのか唖然《あぜん》として動けないでいる。

「今すぐに、消えろ――！」

オリビアがロザリンダに近づくために一歩踏み出した瞬間、ドンッと大きな音を立ててオリビアの足元に雷が落ちる。

「それ以上、ロザリンダに近づくな。次は当てるぞ？」

「ど、どうして……？　私はあなた達を救うために動いていたのよ!?」

明らかに二人に拒絶されているがオリビアは全く気にしている様子はない。尚も訴えかけるようにして前に出る。

「本物の〝運命の乙女〟は私っ……」

再び眩しい光が地面に落ちる。オリビアの目の前には大穴があいて白いドレスの裾《すそ》は黒く焦げついていた。

「黙れ。それ以上、口を開くな」

「あ……」

アダンが落とした雷にオリビアの動きが止まる。この場で無理矢理、辻褄を合わせようとしているが、初対面の二人に愛されようとするのは強引ではないだろうか。

「はぁ……困ったな。話を聞いてくれない人間ばかりで嫌になってきた」

「……っ」

「僕達は百年に一度、各国の様子を見るために、こうして地上に降りるんだ。天界からでは見えない内部をよく知るために」

「そして俺達には制約がかかる。その国に住む種族に見た目が調整されて、本来持っている力は、ほとんど剥奪されてしまう。そして使命が終わるまでは正体を知られてはならない」

「公平にその国を見るためにね。僕達の担当する国はラフィ王国、及びヴェルタルだった」

頭に浮かぶのは、『僕達はある大切な仕事を任されてラフィ王国を訪れていたんだ』というエデンの言葉だ。

ラフィ王国に向かったアダン。ヴェルタルを見てくると言ったエデン。

交代しながら国を見て回っていたのだろう。二人の説明を聞いて、あの時の言葉の意味がやっとわかったような気がした。

「はじめは力が限りなく制限されている。ある条件で次第に解放されていく」

「悪意や欲に触れ続ければ力を奪われて、善意や愛情に触れれば力は戻っていくんだ」

「この国に来てから何も知らない俺達は悪意に触れ過ぎたせいで子供の姿まで戻り、奴隷商人に捕まって動けずにいた」

「そんな僕達を救い出して、ヴェルタルで自由を与えてくれたのがロザリンダだった」

二人の棘が含まれた言葉に周囲が凍りつく。

『ローザと一緒に過ごしたことで、徐々に力が戻って姿も変わったんだ』

ラフィ王国で力を失ったアダンとエデンは、ヴェルタルで暮らしていくうちに善意や愛情に触れて力が戻っていく。二人の体が急に成長したのは、そんな理由があったようだ。

「ロザリンダに出会わなければ、あのまま僕達はどうなっていたかわからない」

「……そして僕達は今日、ラフィ王国に神の審判を下す」

アダンとエデンの言葉に国王達の血の気が引いていく。

「いい国にはもっと栄えるように恩恵を与える。目にあまるようならば、その国の罪を推し量り……罰を下す」

この国がいい国と判断されることはないだろう。二人はラフィ王国の華やかな世界の裏側で起こり続ける悲劇を、身をもって体験したのだ。

「どうして教えてくれなかったの？　私だって協力できたかもしれないのに……！」

「正体がバレてはいけないんだ。これは僕達への試練でもあるから……」

「でも、いくら何でも危険よっ！　あのまま命を落としてしまう可能性だってあったわ」

「代償はあるが身を守れる程度の力は使える。それに俺達の代わりはいくらでもいるからな」

「………そんな」

「ロザリンダは優しいから、そう言うと思っていたよ」

「天界のルールや概念は、人間が理解できるものじゃない。根底から違う」

「……！」

「だからロザリンダが気にすることはないよ。それに、こうして僕達が生き残ったのも、少しずつ力を取り戻せたのも全部、ロザリンダのおかげなんだから」

そう言って二人は微笑んだ後に低い声で呟いた。

「このままだと多くの人間が不幸になり、憎しみに支配されて争いが起こってしまう」

「だから一度、全てを壊して正しく導かなければならない。神はそう判断した」

その言葉の意味を理解することができなかったロザリンダだったが、静まり返る会場に高らかに響き渡る声……

「――待ってくださいっ！」

「や、やめろっ、エリオット……！　これ以上はっ」

「父上……あなたの統治するこの国は腐ってるそうですよ？　ならば、この俺が前に出るべきです！」

先程までショックを受けていたはずのエリオットが自信満々に声を張り上げた。

「ロザリンダは俺の妻となり、国母として国を支えていくのです！　申し訳ないが数日後に結婚式を控えているので、運命の乙女は他から選んでくれませんか？」

アダンとエデンから殺意のこもった視線を向けられているにも関わらず、動じないエリオットには逆に感心してしまう。

隣にいる国王は放心状態でペタリとその場に座り込み、王妃は恐怖からか気絶している。

城の中なのにも関わらず、外には轟々《ごうごう》と音が鳴る程に強風が吹き荒れて暗雲が立ち込めている。

この凍てつくような寒々しい空気を気にすることなく、エリオットは言葉を続けた。

「俺がラフィ王国の王となれば、素晴らしい国に生まれ変わるでしょう！　もちろんオリビアも共に……」

「だからっ、アンタと結婚なんてしたくないって言ってるでしょう!?　しつこいのよ！」

「はぁ……俺の言う通りにすれば必ずいい国になるというのに。だから少しばかりの猶予をいただけませんか？　俺が国王となり、ラフィ王国を立て直してみせましょう！」

そんなエリオットの姿にロザリンダは絶句していた。彼は誇らしげに宣言しているが、アダンとエデンの表情は厳しいままだ。

「残念ながら君に猶予はないんだよ」

「え……？」

「お前が王になる未来は訪れない」

「なっ、何故ですか⁉」

アダンとエデンの言葉に、エリオットは困惑している。

「僕には君の罪が見えているよ？」

「……罪？」

そっと瞼を閉じたエデンの手がエリオットに向けて伸びる。

そのまま横に振ると、眩い光と共に脳内に不思議な映像が流れていく。

そこにはハリーに向けて放った言葉。マーシャルや騎士達への脅しともとれる理不尽な命令。竜人族の王族であるミゲルナに対する暴力を指示した証拠。荷馬車でのロザリンダとのやり取りや暴言の数々。

エリオットの視点から映される映像は、まるで自分が体験しているようだった。痛々しい映像に言葉を失い、倒れ込む令嬢もいた。

エリオットは先程の自信ある態度とは一転して、ひどく焦った表情を浮かべている。

その映像が終わった直後、誰よりも先に声を上げたのはテルータ宰相だった。

「我が息子、ハリーをヴェルタルに置き去りにしたのですか⁉」

「テ、テルータ宰相！　これには訳がっ」

「……なんてことをっ」

テルータ宰相は怒りに震え、顔を真っ赤にさせている。しかしエリオットは誤解だと首を横に振る。

「今の映像は……嘘だ。嘘に決まってる！　こんなものはでたらめだっ！　この国を乗っ取ろうと天族が俺達を貶《おとし》めようとしているんだろう⁉」

「――エリオットッ！」

エリオットは額に汗を滲《にじ》ませながら言い訳を並べていたが、それを遮るようにラフィ国王の怒号が響く。エリオットは肩を揺らしてから首を大きく横に振っている。

「違うっ！　こ、これは別人で、全てでっちあげだ！　みんな、俺を信じてくれっ」

「そうか……なら本人に聞いてみるがいい」

アダンとエデンの視線の先にいたのは、貴族としてこの国にいた時とは違い、シンプルな格好をしたハリーの姿だった。隣にいるミゲルナは笑顔でこちらに手を振っていて、シロナはそんな彼に嬉しそうに擦《す》り寄っている。

二人の真ん中にはティナが腕を組んで堂々と立っている。露出度が高い黒いワンピースを着ているが、その色気と美しさに会場の男性達は釘付けになっている。

エリオットに同行していた騎士やマーシャルは、ミゲルナの姿を見て震えている。自分達が傷つけた相手がドラゴネス王国の王子だと知ったからだろう。

「ティナさん……っ！」

「あら、ロザリンダ！　ドレス姿も可愛いけれど、ウチで働いている時が一番輝いているわね」

「……っ、はい！」

ティナはロザリンダに向かってウインクをする。

「エリオット、お前という奴は、ラフィ王国を危険に晒しおって……っ！」

国王の声を無視したエリオットの視線はハリーへと向けられる。

「ハリー……！　ず、ずっと探していたんだ。いきなりいなくなったから心配したんだぞ！」

「…………」

ハリーは白々しい演技をしているエリオットを冷めた視線で見下ろしている。そして大きく深呼吸すると、エリオット殿下を無視したまま口を開く。

「私はエリオット殿下に意見したところ〝お前は必要ない〟とヴェルタルに置き去りにされました」

「……っ！」

「エリオット殿下の目的はロザリンダ様を連れ戻して、王太子の座を取り戻すこと。そしてオリビア様を愛妾としてそばに置くこと……あとは先程、見ていただいたものが全てです」

「ハリー……貴様っ」

「私は過《あやま》ちを犯しました。父上、ヴェルタルの人達は大切なことをたくさん教えてくれました。そしてティナさんが行き場がない私を救ってくれたのです」

ハリーは淡々と今までのことを話しているが、エリオットはハリーの言葉に必死に抵抗している。しかしあの映像を見た後では、もう何を言っても無駄だろう。国王がエリオットを罵倒する声が響く。感情のままに暴言を吐き出すエリオットの味方をする者はいない。

「……ッ、この愚か者めっ！　もう我慢できない。我々の努力を全て無駄にしたのだ！　今すぐに打首にしてやる」

「俺のやることに意見したんだ！　当然の結果だ。それに打首は父上の方ですよ!?」

「まだ己の未熟さに気づけぬのかっ」

「腐った国を作り出した父上に言われたくないんだよ！　偉そうに言うな……っ」

ラフィ国王はエリオットの胸ぐらを掴んでいる。二人は激しい殴り合いをはじめた。

ハリーは、エリオット達を気にすることなくオリビアの行動を話していく。

「それとオリビア様はロザリンダ様が犯人ではないことを知っていたのではないでしょうか。恐らく毒の入った瓶をロザリンダ様の部屋に置いて……自ら苦しまない程度に服毒した」

「……ちょっ！」

「最初からロザリンダ様を消そうと動いていた。そう考えて間違いないでしょう」

「ハ、ハリー！　何を言っているのよ」

「それからデルタルト子爵に頼み、国中の奴隷商人に声を掛けてアダン様とエデン様を探すように頼んでいたようです」

「……ッ!?」

「オリビア様は、アダン様とエデン様が奴隷として捕まることも、ロザリンダ様が令嬢に貶《おとし》められて罪を被せられたことも知っていたようですね。先程の発言からもわかる通り、二人を得るためにロザリンダ様を確実に消したかったのでしょう。エリオット殿下には……利用するためだけに近づいたのです」

「ハリーッ！　あなたは私の味方でしょう？」

「オリビア様は自分の願いを叶えるために他人の人生を弄《もてあそ》びました。それは絶対に許されることではありません」

「ち、違うわ……！」

「エデン様の力を使って、見せていただくこともできるんですよ？　嘘をついても無駄です。それでも自分がやっていないと言いきれますか？」

「……っ」

　オリビアは図星をつかれたのか目を泳がせていた。エリオットもオリビアが否定しないところを見て愕然としている。

「利用した……俺を？　なんだと？」

「あなた達の本性を知ることができてよかった。こんな人達を信じて尽くしていたなんて……本当に反吐《へど》が出る」

ハリーが吐き捨てるように言った後、ハリーはロザリンダに向き直る。

「ロザリンダ様……私はあなたを一方的に追い詰めて、誤《あやま》った判断を下してしまいました。浅慮な自分を今は恥じています」

「ハリー様……」

「謝っても許されないことはわかっています。それでも言わせてください。申し訳ございませんでした！」

深々と腰を折るハリーに向かって、ロザリンダはゆっくりと口を開く。

「ハリー様、顔を上げてください」

「……っ」

「わたくしはハリー様を許します。アダンとエデンに協力してくださり、ありがとうございました。ハリー様の勇気にわたくしは感謝していますわ」

ハリーは涙を浮かべながら頷いた。彼がいなければ、ここまでスムーズに物事は運ばずにエリオットと無理矢理、結婚させられていたかもしれない。ハリーの影響はとても大きいように感じていた。

ティナが「ハリーはえらいわね」と言って、彼を抱きしめた。ハリーは豊満な胸に溺《おぼ》れて手をバタバタと動かしている。どうやらティナは相当、ハリーを気に入っているようだ。

「おーい、ティナ……この場所であってるか？」

突然、ゾクリと背筋が凍るような声が耳に届く。いつの間にか真っ黒なローブを被った背の高い男性が宙に浮いた状態で現れる。

「クリストファーッ、アンタはいっつも遅いのよ！」

「あー……だが、マルティーナ。オレは昼間が苦手なんだ」

「本名で呼ばないでよ、馬鹿！」

「マルティーナだって呼んでるじゃねーか」

「アタシはいいの！」

ティナにクリストファーと呼ばれた男性は太陽を眩しそうに眺めつつ、目を細めてフラリフラリとよろめきながら飛んでいる。

「マルティ……ティナ、お前の居場所はオレが守るって決めてんだ」

「……はいはい、ありがとう。アタシを追いかけて魔界から地上までついて来るなんて、本当に馬鹿な男ね」

「だからヴェルタルの秩序を乱す者は許さねぇよ。絶対にな」

その言葉からこの男性は、ヴェルタルの秩序を守っている警備隊のリーダークリスだと気づく。

ティナの近くに一瞬で移動したクリストファーは優雅に手の甲に口付ける。そんなクリストファーの頬を撫でた後、そっと耳打ちをしたティナの真っ赤な唇は綺麗に弧を描いていた。

クリストファーもニヤリと笑ってから「……了解」と言って霧のように消えてしまう。そしてティナの胸に埋もれて、もがいていたハリーはやっとの思いで抜け出した。

アダンとエデンはティナと目を合わせて頷いた。

「――己の罪を悔い改めよ」

「でなければ、神の裁きが身を貫くであろう――」

二人の瞳が薄っすらと金色の光を帯びる。

ロザリンダがその変化に戸惑っていると、急に、けたたましい悲鳴が聞こえてくる。

会場は先程のお祝いムードとは一転、地獄にいるかのような叫び声が響き渡った。エリオットは泡を吹きながら首元を押さえて、のたうち回っている。オリビアも膝をついて「ギャアアア」と悲鳴を上げながら背を丸めて頭を抱えていた。

ビビエナ公爵や夫人も床に倒れ込んで、ピクピクと小刻みに痙攣している。そしてラフィ国王は膝をついて悶絶している。

中にはロザリンダやハリーと同じように、何が起こっているのかわからずに戸惑っている者もいるが、大半の人達が床に突っ伏している。

ゾッとするような光景にロザリンダは言葉を失っていた。しかし助けを求める声と苦痛を訴える悲鳴は増すばかり。アダンとエデンは平然としているが、黙って見ていることができずにロザリンダは声を上げた。

「このままだと皆、死んでしまうわ……！」

「死なないよ」

「え……？」

「だが、罪の重さによって身を割くような苦しみは続く」

「特にロザリンダを苦しめた奴は念入りに……と言いたいところだけど、全ては神の采配だ」

二人の視線の先……エリオットとビビエナ公爵達は先程よりも更に苦しそうにもがいている。そしてエリオットの隣には先程、霧になって消えたはずのクリストファーの姿があった。

「コイツはオレがもらってくぜ？　ルールに厳しいお父様とお母様には黙っときな……その方が身のためだぞ？」

クリストファーが唇を歪《ゆが》めるとアダンとエデンは目を合わせたあとに首を傾げた。

「僕達は何も見てない……そうだよね、アダン？」

「あぁ、エデン。俺達は何も見ていない」

「ハハッ、天族は気に入らねぇがお前らはなかなか好きだぜ……ティナも珍しく気に入っているからな」

「フフッ、そうね。それにしても、いい断末魔ねぇ」

「ティナ、後は頼むぞ」

「任せて」

そう言ってクリストファーはエリオットとオリビアを抱えて、真っ黒な霧と共に消えていった。

「さて、アタシも自分の仕事をしなくちゃね……」

パチンと指を鳴らしたティナの合図で、ラフィ国王やビビエナ公爵や夫人の姿が一瞬で消えてしまう。

それから数人の貴族達の姿が次々といなくなっていくが、どれもあまりいい噂のない貴族達ばかりだ。気になったロザリンダはティナに問いかける。

「ティナさん、皆をどこへ……？」

「魔族はね、ああいう欲深い人間が大好きなの。魔界でたっぷりと可愛がってもらいましょうね？」

「……！」

ティナはハリーを背後から抱きしめながら、楽しそうにその光景を見ている。いつの間にかティナの背中には黒い蝙蝠のような羽が生えていた。

それからティナはクリストファーと自身が天族とは対立している魔族であることを教えてくれた。

魔界での暮らしが死ぬほど退屈だったティナは新しくできた国、ヴェルタルに目をつけた。そこで人間に擬態しつつ、食堂を経営しながら気ままに暮らしはじめる。

クリストファーはティナを追いかけて魔界からヴェルタルにやって来たそうだ。そこでティナが好きなこの国を守るために、クリストファーは警備隊の『クリス』として圧倒的な力で治安を守っている。

しかし、そんなクリストファーにも弱点があり昼間が苦手。そこでティナが昼間に情報を集めつつ、夜にクリストファーが動く。

そうやってヴェルタルの平和は保たれているようだ。

知らぬ間に、すごい人達と関わっていたことに驚きを隠せなかった。

そんな時、両脇からグッと近づいて手を握るアダンとエデンに驚いて肩を揺らした。

「ロザリンダ、安心しろ」

「この国は新しく生まれ変わるんだよ」

「ヴェルタルのようにな」

「…………！」

会場にいる全ての人達はアダンがパチンと指を鳴らした瞬間に、眠りにつくように一斉に倒れ込んだ。先程の喧騒が嘘のように辺りは静まり返る。

今、ラフィ王国にいる全ての国民が気を失っているそうだ。

「さぁ、一度この国から出ようか」

「ここにいる人達は、このままで大丈夫なの？」

「あとはお父様とお母様がどうにかしてくれるよ」

「それって……神様ってことかしら？」

「わかりやすく言えばそうだな」

この場にいる者達は例外として記憶が残るようだが、詳しくはどうしていくのか、アダンとエデンの両親……つまり神様が決めるのだという。

そして新しく生まれ変わった国を作り上げた後、ここにいる人達は何事もなかったかのように新しい国で暮らしはじめるそうだ。

今度は奴隷制度を完全に撤廃したり、新しい王を配置して貧富の差を少なくしたりと、今よりもいい国になるように調整する予定らしい。それに合わせて周囲の記憶も書き変わっていくというのだから驚きである。

そしてまた百年後に天族が国の様子を見に来ることになっている。

「これからどうする？」

「……え？」

もしかしたら二人は仕事を終えて天に帰ってしまうかもしれない……そんな不安がロザリンダを襲う。

「僕達はローザと一緒にいたいな」

「俺も……ローザと共にいたい」

「……っ！」

先程までロザリンダと呼んでいたアダンとエデンだったが、ローザといつもの呼び方に戻ったことに驚いていた。それよりもまた二人と一緒にいることができるかもしれない……そう思うと涙が溢れそうになった。

「またアダンとエデンと一緒にいることができるの？」

「もちろんだ」

「僕達は何も変わらないよ」

「……っ！」

嬉しさにぎゅっと二人の手を握ってから頬を寄せた。以前と変わらない温かい体温に安心感が込み上げてくる。

そんな中、ティナが声を上げた。

「今、看板娘がいなくて困ってるのよねぇ。お昼の営業が大変なのよ……誰かいい人はいないかしら？」

その言葉に、ロザリンダは涙を拭《ぬぐ》って「はい！」と返事をした。ティナは満足そうに微笑んでいる。

隣で嬉しそうにしていたミゲルナは「今度、家族を連れて遊びに行きます」と言った。その後にハッとして、ロザリンダの元に駆け寄り手を握る。

アダンとエデンの鋭い視線にも負けずに、にっこりと微笑んだミゲルナは「ローザさんに伝えたいことがあるんです！」と言って口を開いた。

「あの時のこと、ずっとお礼が言いたくて……」

「あの時？」

ミゲルナは幼い頃から気が弱く、竜人族とは思えないほどにツノが小さいことでずっと兄弟達から馬鹿にされていた。その原因はシロナが孵化していなかったからなのだが、自分はシロナに選ばれることは絶対にないと思っていた。

そしてシロナが生まれて、ミゲルナがパートナーとして選ばれる。自分が選ばれたことが信じられなかったがミゲルナはシロナの世話を懸命に行い、共に過ごすことが喜びだった。

しかし、兄弟達から「これは何かの間違いだ」「今すぐシロナを返せ」「お前にはシロナのそばにいる資格がない」、毎日激しく非難され続けて、ついにミゲルナの心が折れてしまう。

ついにはシロナと引き離されて、取り返せない弱い自分に耐えられなくなり国から逃亡。

あてもなくヴェルタルまで旅をして、たまたま駆け込んだティナの食堂で自分はなんてダメな奴なんだと朝から自棄酒して落ち込んでいたところ、慣れない酒を飲み過ぎて嘔吐。

そこで何も理由を聞かずに励ましてくれて介抱してくれたローザにご飯まで奢ってもらい、ついに涙腺が崩壊する。

しかし店が賑わってきたことで、ローザが忙しく動き回り、お礼も言えないまま店を出る。このままではいけないと後悔して数日後、再び食堂を訪れてお礼を言おうとするが、ローザの人気と大勢の人達に圧倒されて話しかけることができなかった。

そしてあの時のお礼を言うためだけにティナの食堂の厨房で働きはじめてチャンスを窺《うかが》っているうちに、ズルズルと時間だけが過ぎていき、結局何も伝えられないままあんなことになってしまったそうだ。

そしてあの一件の後、シロナと再会して強くなりたいと心から思い、奮起したことで一気にツノが伸び、それと同時に自信を取り戻すことになる。その効果もあってか、今は別人のようになっているのだと教えてくれた。

ティナが言うには一種の暗示のようなものらしい。それほどまでに竜人族にとって強さや自信、ツノや竜は大切なものだそうだ。

そしてミゲルナはドラゴネス王国に戻り、今まで馬鹿にしてきた兄弟達を蹴散らしてから、王族としてラフィ王国にアダンとエデンと共に潜入したのだと語った。

「ローザさんはいつも大人気だし、人前だと恥ずかしくなってしまって話せなくて。あの時の僕は、自分から声をかけるのも難しくて、なんとか二人きりになって言おうとしたんですが……できなかったんです」

「そうだったのね。でも今日、ミゲルナの話を聞けてよかったわ。本当にありがとう！」

「こちらこそ、あの時の僕を救ってくださり、ありがとうございました」

そのままミゲルナと抱き合った。シロナも嬉しそうに二人に寄り添っている。これから黒竜クロスに選ばれた竜人と共に、国を支えていくそうだ。

ミゲルナとこのままの状態で話そうとすると、すぐにアダンとエデンに引き剥(は)がされてしまう。

ミゲルナはアダンとエデンに挟まれているローザを見て「いつも通りですね」と笑った。ローザもむくれるアダンとエデンを見上げながら「そうね。いつも通りだわ」と笑顔で答える。

そしてアダンとエデン、エルザとハリー、そしてミゲルナと共にヴェルタルへ戻ることとなった。

——空を飛びながら。

「きゃあぁぁぁ、離さないで、絶対に離さないで！」

「いいなぁ、アダン……ローザと飛べて」

「エデンはもっと力をつけろ」

「えー……！　ねぇ、途中で交代しようよ！」

「嫌だ」

「アダンの意地悪」

「鍛錬してから出直してこい」

「いいもん！　ヴェルタルに着いたら僕もローザを膝に乗せて抱っこするからッ」

「こんなところで、言い争いをッ、ひゃぁ⁉」

「二人共、やめなさいよ！　見てごらんなさいよ、ローザが気絶しちゃうでしょう？」

「そういうハリーとミゲルナは、もう意識を失っていますよ？」

「……あら、本当ね」

ミゲルナとハリーはエルザの魔法で宙に浮きながら運ばれていたのだが、二人とも体の力が抜けて手足がユラユラと風に靡《なび》いている。シロナが必死にミゲルナを起こそうとしているが意識は戻らない。

「情けないわねぇ」

「……みんな空を飛んだことがないから仕方ないよ。シロナがもう少し大きくなればミゲルナを背に乗せられるかもね」

シロナはエデンの声を聞いて嬉しそうにクルクルと回っている。

「そう言えばハリーは高いところがダメって言っていたわね」

そして、いつの間にやらローザも意識を失っている。

「やっぱり馬車で行った方がよかったかな？」

「もう馬車はないぞ？」

「途中からティナさんが魔獣を呼び出して、馬の代わりに走らせて飛ばすから馬車が大破しちゃったんだよね……」

「……あの乗り物はお尻が痛いし、乗り心地が最悪だったの！　結果的には早く着いてよかったじゃない」

あの時のティナはとても楽しそうであった。アダンとエデンは苦笑いを浮かべる。

「それに、あなた達は結局どうするの？　運命の乙女なんて言い方をしていたけど、本当は違うんでしょう？」

「運命の乙女は存在しない。迷信だ。俺達が愛しているのはローザだけ。ローザだから愛しているんだ」

「でも人間はそういう言い方が好きですよね。すごくこだわっていたみたいだし。あのオリビアって子は、どうして僕達のことを知っていたんだろう？」

「今は魔界の最下層にいるから、何かわかったことがあれば教えてあげる。クリストファーが帰ってきたら聞いてみましょう？」

「はい、よろしくお願いします」

「それに、二人は天には帰れなくなってもいいの？　ローザを天界に連れて行くことはできないんでしょう？」

「俺達はローザを選んだ。その許可はもうもらいました」

「まぁ……！　天族としての力を失って地上に堕ちたとしてもローザを選ぶのね。愛が深いわねぇ。

アタシ、そういうの大好きよ？」

「叱られましたけどね。あとは天界での権利も剥奪されますけど、一応、大きな仕事はやり終えたので許してもらえました」

「そう、よかったわね」

「百年前も兄さんがエルフの女性に恋をしてそのまま結婚して、その百年前には姉さんが竜人族と添い遂げましたから……当時よりはマシですよ」

「兄さんや姉さん達が頑張ってくれたおかげだな」

「ウフフ、時代と共に固い頭が柔らかくなって何よりね！　それにアタシ達と一緒にいて、よく怒られなかったわね」

「はい……でも〝あの女は面倒だから絶対に怒らせるな〟って、散々言われました」

「失礼ね……！　アタシだって全盛期より落ち着いたんだから。気に入らないからって理由で国を滅ぼさなくなったし、天界に喧嘩を売るような真似はもうしていないのに！」

「アダン……ティナさんはやっぱり、怖いね」

「あぁ、気をつけた方がいい」

「お黙り」

そんな会話をしながら、天族と魔族、全員で笑い合っていた。

「ん……？」

「あ、ローザが起きたみたい」

「――ひっ⁉」

「もうすぐ着くから捕まってろ」

ローザが気づいたらまだ空の上だった。もうすぐヴェルタルといったところで意識が覚醒したようだ。

ジェットコースターに乗っているような感覚に目を閉じながらアダンに必死にしがみついていると、フッと風が止む。

「着いたぞ」

「さぁ、ローザ。目を開けて」

ゆっくりと目を開いた。ティナの食堂を見た途端、涙が溢れて止まらなくなる。

（本当に戻ってきたのね……！）

アダンとエデンの背から真っ白な羽根がキラキラと輝く光と共に消えいく。二人がローザに手を伸ばす。

アダンとエデンの手を握るためにローザは足を進めた。

「おかえり、ローザ」

「ローザ、おかえり……」

「ただいま……アダン、エデン！」

名前を呼んだ後に手を広げて二人の胸に飛び込むようにして抱きついた。

「ローザ、また一緒に暮らそうよ」

「あの家に戻ろう」

「えぇ、アダン、エデン……ありがとう。大好き」

すると二人がローザを両脇から挟み込むようにして顔を寄せる。

「ねぇ……ローザ。大好きってどんな意味の好き？」

「それは……えっと、家族としてかしら」

「俺達はローザを愛している」

「結婚しよう、ローザ！」

それはローザからしてみれば、青天の霹靂だった。

「へ……!?」

「人間の世界では家族になるには結婚をしなくちゃいけないんだよね？」

「エ、エデン……だって、それは！　それに二人と結婚なんて……！」

「ヴェルタルでは二人と結婚しても問題ないらしい」

「そうなの!?」

「僕達がローザを幸せにするから結婚しよう。ねぇ、いいでしょう？」

「俺達はローザを心から愛してる」

「そう。僕達はローザを愛してるんだ」

二人に耳元で囁かれて、ローザは顔が真っ赤になってしまう。

「あらあら、ローザは天族様に捕まっちゃって大変そうね……しかも二人」

「テ、ティナさん、助けてくださいー！」

「観念しなさい、ローザ……彼らの愛はとっても深いから今から大変ね」

「今までずっと我慢していたんだ。やっと気持ちを伝えられて嬉しい」

「ふふ、覚悟してよね」

「ちょっ……アダン、エデン！　ストップ！　落ち着いて話をしましょう！」


次の日から、また三人での生活がはじまった。

結婚は一旦、保留ということにしてもらう。アダンとエデンは不満そうだったが、いきなり関係性が変わることに心がついていかないと説明すると「ローザがそう言うなら」と渋々、納得してくれた。

ローザはいつも通りにティナの食堂に向かい、仕事を終えて家に帰る。行きはエデン、帰りはアダンと送迎つきだ。

たまにアダンとエデンが二人揃って食堂に食べにくるのだが、周囲への威圧感が半端ない。

ティナも「ローザ目当ての客が減るじゃない！」と言いつつも、それで客が減ることはなく、むしろアダンとエデン見たさの女性客が増えたらしい。ティナは「客層が広がって満足よ」と笑っている。

そんな二人は堂々と表でもローザへの愛を囁くようになった。

「ローザを愛してるんだ。だからそういう気持ちには答えられないよ」

「ゆくゆくはローザと結婚するつもりでいる」

そんなアダンとエデンに対して、ショックを受ける女性もいたが、大半は「応援するわ」「やっと気持ちが伝わったのね」と温かい声が多かったと聞いた時は複雑な気持ちになった。

以前は話せなかったエデンは喋れるようになったことで占いの仕事をはじめた。特に恋占いがよく当たるそうで、占い師としてエデンは女性達に大人気である。

そしてアダンが元の仕事場に戻るとトム達に泣いて喜ばれたらしい。

一見すると、以前と同じような生活が戻ってきた……と思いきや、何かが違うと気づいたのはそれからすぐのことだった。

「おかえり、アダン、ローザ！　待ってたよ」

「エデン、今日は早く終わったの？」

「うん。買い出しも行けたからハンバーグを作ったよ」

「嬉しいわ！　エデンの料理、大好きなの」

「ローザ、今日は疲れた顔をしてるね？」

「……そうかしら？」

「ほら、目を閉じて」

「ありがとう、エデン」

温かい光と共に体が軽くなる。二人の力は天族だった時よりも弱くなってしまったらしいが、アダンは以前と変わらず雷を落とせるし、エデンは癒しの力が使える。あとは姿を成長させたり小さくなることができるそうだ。

天界には立ち入ることは禁止されているが、少しの間ならば普通に空を飛ぶこともできるようだ。

しかし二人の話を聞くと、これでも天族の時の三分の一の力しか戻ってないというから驚きである。再びヴェルタルに戻った際に「本当に、天界に帰らなくていいの？」と二人に問いかけたことがあったが、全く後悔はないらしい。

それよりも「俺達は構わないがローザこそ、いいのか？」「もう僕達から逃げられないよ？」と言われて、その時の二人の表情が今までにないくらいに恐ろしかった。

「ん……ローザ、こっちに来て」

「ちょっと！　アダン、近いってば……！」

すぐにハグとキスをしようとするアダンの肩を押せば、エデンが「僕も～」と言って抱きついてからローザの頬にキスを落とす。

「わっ……エデンも待って！　二人共、一回離れてよ！」

「何故？」

「なんで？」

「距離が近いの……っ！」

「……好きだ、ローザ」

「ローザ、大好き」

「お願いだから話を聞いてよ！」

ローザは二人に溺愛されている。

それは明らかに家族愛ではなく、ローザを異性として愛しているというアピールだということはわかっていた。二人から告白を受けたとしても、今まで家族のように扱っていたせいか、恥ずかしい思いが先にくる。

しかし二人は隙を見て、こうしてローザに愛を囁いてくる。今まで通りの部分と、異性として意識させる行動をうまく使いわけているような気がした。そして、その中でも納得いかないことがあった。

「えー……じゃあ、これならどう？」

「そうだな」

すると急に姿が変わり、大人バージョンの二人が目の前に現れる。背も高く彫刻の様に整った肉体と大きな手。神様が作り上げた端正な顔立ちは眩しいくらいに美しく光り輝いている。

「ずるいっ、またその姿になるなんて……！」

「……」

「どうしたの？　顔が赤いねぇ、ローザ」

「ま、まだ見慣れないだけよ！」

「ローザがこの姿に弱いことは把握済みだ」

アダンとエデンは最初に出会った少年の時の姿。いつもの青年の姿。そして大人の姿と使いわけて迫ってくる。

（どうして神様はこの力を取り上げなかったのよ……！）

　いつも通りの青年の姿はいいとして、大人の姿で迫られるとドキドキして心臓が持たない。何より二人の色気が倍増する。ローザが顔を真っ赤にすると、二人は嬉しそうにしている。

　軽々とお姫様抱っこをされたり、好き勝手しながら楽しんでいるようだ。ローザが本気で嫌がることはしないのだが問題はその後だ。

「もう！　いい加減にしないと怒るわよっ」

　最も厄介なのは可愛すぎる少年の姿である。グイグイと迫ってくる二人を見ながら心の中で叫んでいた。出会った頃の子供の姿に戻ってしまうと途端に怒れなくなってしまう。

「その姿はずるいわ……！」

アダンとエデンは三つの姿でローザを翻弄してくるので、いつも対応に困ってしまう。

「ごめんね、ローザ……許して？」

「キスしたくらいで怒るなよ。ちなみに、もっとしたいと思っている」

「だってローザが可愛いから、仕方ないんだよ」

二人に抵抗していることが無駄に思えてきたローザの体から力が抜ける。額を押さえながら溜息を吐く。

「はぁ……もう知らない」

「もしかしたら、まだまだ僕達の愛が足りないのかもね」

「もっと俺達の気持ちを伝えた方がいい……今までの分まで」

「ふふっ、そっかぁ！　覚悟してね、ローザ」

「ちょっと二人共……！」

「俺達なしではいられないようにしてやる」

「その姿で変なこと言わないで！　いい加減にしないとっ」

「怒るの？」

「怒るのか？」

「ずるいわっ、二人とも可愛すぎるのよ！」

自分よりも小柄で可愛らしい少年の姿。中身は違うとわかっていても、小さな子供に怒れるはずもない。金色の大きな瞳が潤んでゆらゆらと揺れている。しかし今日こそは好きにさせてやるものかと、手を握り口を開こうとした時だった。

「ローザ、怒るのか？」

「……怒らないで」

「……っ、怒れないっ！」

結局、可愛らしい二人の姿に怒ることができずに、悔しくて二人に背を向けて机をガンガンと叩いていると……

「ねぇ、ローザ」

「……ローザ」

「…………!?」

突然、低くなる声にドキリと心臓が跳ねる。上から影が落ちて、振り向くと体が大きくなった二人の顔が目の前にある。

「なっ……！」

「ローザ、愛している。ローザは？」

「僕達のこと、嫌い？」

アダンとエデンのことを嫌いだと思ったことは一度もない。

むしろ気持ちが追いつかなくて戸惑うばかりだ。二人と離れたことで、アダンとエデンがどれだけ大切な存在なのか、自分の気持ちを自覚しはじめていた。

女性といたって以前は何も思わなかったのに、最近はモヤモヤしてしまう。気難しいアダンがどんどんと皆と仲良くなり、ローザだけにしか声が聞こえなかったエデンは今、たくさんの人達と関わっている。

色々な変化に気持ちにうまく心がついてこない。

今まで姉のように振る舞っていたせいか、恥ずかしい気持ちが前に出てしまう。ローザはそんな悩みを抱えていた。

しかし本音を言ってしまえば、もう少しゆっくりと距離を近づけて欲しい。急に異性として迫られると反射的に拒否してしまう。

そんな対応ばかりしているからか、二人に嫌われたらどうしようと思っている。

「…………っ、もう嫌なの」

「ごめん、ローザ！　怖がらせるつもりじゃなくて」

「ローザ、すまない」

俯いて両手で顔を覆ったローザを見てかアダンとエデンは先程とは一転して焦っているようだ。

ローザは静かに首を横に振ってから二人の手をとり、自分の頬に寄せる。

それに二人がローザの反応に不安になって焦っていることも理解している。

だからローザも覚悟を決めて、二人を安心させるために自分の気持ちを伝えようと思った。ローザの頬は今、真っ赤になっているだろう。深呼吸をしてから口を開く。

「あのね……私も二人のこと、ちゃんと……す、好きだから」

「「……！」」

「もう少しだけ、ゆっくり……お願いします」

背の高い二人を見上げながら必死に訴えかける。あまりの恥ずかしさから泣きそうになってしまう。きっと瞳は潤んでいることだろう。

「……………」

「……………」

「二人共、急に黙ってどうしたの……？」

訪れた沈黙。アダンとエデンはローザを見て首を横に振る。

「……ローザってば、無自覚なの？」

「だな」

「はぁ……可愛いなぁ、もう」

「本当にな」

二人は額を押さえながら上を向いている。何が何だかわからずにローザが首を傾《かし》げていると、アダンとエデンは両側からキスを落とす。

「愛してるよ、ローザ」

「ローザ、大好き。ずっと一緒にいようね」

これから二人の愛情表現がもっと激しくなるとも知らずにローザはアダンとエデンを抱きしめた。

それから少しずつアダンとエデンと恋人関係になったのだが、恋人らしいことをしていないことに気づく。

ローザがグイグイと迫ってくる二人に『もう少しゆっくり』とお願いしたのだが、このままでいいのかと思っていた。

（私……アダンとエデンに我慢ばかりさせているのかしら。前よりは随分と恋人らしくなったけど）

仕事終わりに二人に挟まれながら会話をしていた時にローザは思ったのだ。こうして恋愛的な意味で二人と接することができたのはいいが何かが足りないと思っていた。

そのまま考え込んでも解決しないので、ローザは二人に相談してみることにした。

「ねぇ……アダン、エデン」

「どうしたの？　ローザ」

「私達……このままでいいのかな」

「「……!?」」

二人が目を見開いてワナワナと震えていることにも気づくことなく、どうすればいいか考えていた。

「……何かが違う気がするの」

「ぼ、僕達……ローザにベタベタし過ぎた？」

「キスの回数が足りないか？」

「違うわ」

「ま、まさか愛情が足りないのか⁉」

「足りてる」

「「…………」」

「うーーん。どうすればいいのかしら」

ローザが考えを巡らせていると、あることが頭に思い浮かぶ。

「あっ……！」

「何だ⁉」

「なんでも言って！　僕達にできることなら」

違和感の正体がわかり、ポンと手を叩く。真剣にこちらを見ている二人の方を向いてローザは口を開く。

「してみたいことがあるの」

「ローザのためなら、僕達は何でもするよ！」

「俺もだ」

二人は早く言えとばかりにローザに視線を送る。

「あのね、私達って元々家族みたいに暮らしていたでしょう？」

「うん」

「だから……デートしたことないなって」

「……………うん？」

「デート？」

「うん、デート」

互いに仕事をしており、なかなか休みが被らない。一緒に行くとしたら夕食の買い出しくらいだろうか。思えば三人で出かけたことはない。なので、改めてデートをすることを思いついたのだ。

「休みを合わせて三人で出かけてみたいわ！」

「ローザは……デートがしたかったの？」

「今までずっと忙しくて二人とゆっくり過ごせなかったでしょう？」

「確かにそうだな」

「二人と、もっと恋人らしいこともしてみたいなって思ったの。ダメかしら……？」

何だか急に恥ずかしくなり、顔が赤くなってしまう。今まで距離が近すぎて気づかない部分も多いのではないだろうか。

「そうだね。でもローザからそう言ってくれるなんて嬉しいな」

「……どこか行きたいところはあるか？」

二人に問われて考えてみるが、パッと思いつくのは水族館や遊園地が思い浮かぶが、この世界にはない。

「美味しいものが食べたいわ！　あとは……綺麗な景色を見たり、とか？」

それを聞いた二人は目を合わせて頷いた。

「……それだけか？」

「えぇ」

「無欲だねぇ、ローザは」

「そう？」

「そんなところが可愛いんだけどね」

「あぁ」

そして後日、休みを合わせて二人とデートをすることとなったのだが……

「どうして大人バージョンなの？」

「だって……ねぇ、アダン」

「この姿の方がローザの心拍数が高いからな」

「なっ……!?」

大人バージョンの二人は顔が良すぎて直視できないのである。それを今日までうまく隠しているつもりだったが、やはりバレていたようだ。

(二人ともかっこいいし、美しすぎる……!)

悔しさに唇を噛みながら、ニヤニヤしている二人に背を向けて準備をするために部屋に入る。

(こっちだって負けてらんないんだから……!)

大人な二人に釣り合うようにしなければならない。気合を入れるためにローザはフンと鼻息を吐き出した。

普段、ローザはほとんど化粧はしていない。しかし今日はばっちりとメイクを施《ほどこ》していく。それからティナにプレゼントしてもらったワンピースに袖を通す。

『ウフフ、この服であの生意気な双子共をたっぷりと籠絡してきなさいね』

そんな言葉に頷いて借りてきたのだが、やはりローザには派手ではないだろうか。そして扉の隙間から大人バージョンの二人を見てローザは唇を噛む。

(……逆に籠絡されそうです。ティナさん)

普段とのギャップで骨抜きにできるから、というティナの言葉を信じて、いつもより露出度の高い服を着て濃いめの口紅を塗る。以前のロザリンダのような華やかさがある。

それに改めて鏡で見てもロザリンダは美人だ。いつもは結っているチェリーレッドの髪を下ろして整えていく。なんだか大胆かもしれないと恥ずかしくなり体温が上がる。頬をパタパタと仰ぎながら部屋の外へと向かった。

「お、お待たせ……」

「……ロ、ローザ？」

「その格好は……」

二人の視線が痛いくらいに突き刺さる。

「変、かな……？」

何も言わない二人は額を押さえて何かを考え込んでいる。恐らくアダンとエデンはテレパシーのように頭の中で会話をしているのだろう。

(や、やっぱり似合わなかったかしら。でもロザリンダは超美人だし……こういう服も絶対に似合うはずよね？)

二人が無反応な理由がわからずに困惑していると……

「ごめん、ローザ」

「え……？」

「デートはまた今度にしよう」

「そ、そんなに変だった……？」

こんなことだったら、いつも通りにしておけばよかったとローザが落ち込んでいた時だった。

「違うよ……逆の理由」

「あぁ」

「逆の理由？　何それ……」

言葉の意味がわからずに問いかけると、二人は真剣な顔をして口を開く。

「ローザが可愛すぎて外に行くのは無理だよ！」

「……へ？」

「この格好で外に行くのは危険だ」

「あのねローザ……僕達のことを考えてお洒落してくれたのは嬉しいんだけど、ちょっと座って自分の魅力について考えようか？」

「エデン、それってどういうこと？」

「それと俺達の気持ちについても、もう一度、ローザにわかってもらう必要がある」

「アダン、それはどういう意味かしら……？」

そのままズルズルと部屋まで引き摺られていく。

「わかるまで頑張ろうね？」とニッコリ笑う二人に引き攣った笑みを浮かべるしかない。今すぐに着替えるように言われて、その後に二人が『どれだけローザを愛しているか』を教え込まれること数時間。

二人の嫉妬深さとローザへの深い愛情をこれでもかと教え込まれたのだった。

次の日、ティナに今回のことを報告すると楽しそうに大爆笑していた。それから二人にたっぷりと甘やかされながらデートするのは、また別のお話。

新＊感＊覚ファンタジー！

Regina レジーナブックス

レジーナブックス Regina

憎まれ役の、熱い溺愛!?

義弟を虐げて殺される運命の悪役令嬢は何故か彼に溺愛される１～２

山梨《やまなし》ネコ

イラスト：藤本キシノ

前世で読んでいた小説の世界に転生したメルティア。彼女は義弟であるロイを虐め、それが遠因で殺される悪役令嬢キャラだ。けれど、ロイは前世の彼女の推し、それ以上に幼い子供を不幸にしたくはない！　メルティアは彼を虐めることで、庇うことにする。そんな優しさは、実はロイに知られていて、いつしかメルティアは彼に愛されて……!?

詳しくは公式サイトにてご確認ください。

https://www.regina-books.com/

携帯サイトはこちらから！

新＊感＊覚ファンタジー！

レジーナブックス Regina

この天才魔法師、一途すぎ!

悪役令嬢は冷徹な師団長に何故か溺愛される

未知香《みちか》

イラスト：UIIV◇

乙女ゲームの世界に転生した悪役令嬢テレサ。地味に生きていこうと思っていたのに、隠しルートの攻略キャラ・冷徹な魔法師団長クロエラが家庭教師としてやって来た！　魔法の適性はゼロなのに、うっかり前世の知識で禁術の「黒の魔法」について話してしまったテレサはクロエラに興味を持たれ、執着されることに⁉　ストーカー天才魔法師×猫被り転生悪役令嬢のじれ甘ドキドキ過剰供給ラブコメ、開幕！

詳しくは公式サイトにてご確認ください。

https://www.regina-books.com/

携帯サイトはこちらから！

この作品に対する皆様のご意見・ご感想をお待ちしております。

おハガキ・お手紙は以下の宛先にお送りください。

【宛先】

〒150-6008 東京都渋谷区恵比寿 4-20-3 恵比寿ｶﾞｰﾃﾞﾝﾌﾟﾚｲｽﾀﾜｰ８F
（株）アルファポリス　書籍感想係

メールフォームでのご意見・ご感想は右のＱＲコードから、
あるいは以下のワードで検索をかけてください。

アルファポリス　書籍の感想　検索

ご感想はこちらから

本書は、「アルファポリス」（https://www.alphapolis.co.jp/）に掲載されていたものを、改題、改稿、加筆のうえ、書籍化したものです。

冤罪《えんざい》で婚約《こんやく》破棄《はき》された公爵令嬢《こうしゃくれいじょう》は
隣国《りんごく》へ逃亡《とうぼう》いたします！

やきいもほくほく

2023年 9月 5日初版発行

編集－本丸菜々
編集長－倉持真理
発行者－梶本雄介
発行所－株式会社アルファポリス
〒150-6008 東京都渋谷区恵比寿4-20-3 恵比寿ｶﾞｰﾃﾞﾝﾌﾟﾚｲｽﾀﾜｰ8F
TEL 03-6277-1601（営業） 03-6277-1602（編集）
URL https://www.alphapolis.co.jp/
発売元－株式会社星雲社（共同出版社・流通責任出版社）
〒112-0005 東京都文京区水道1-3-30
TEL 03-3868-3275
装丁・本文イラスト－くろでこ
装丁デザイン－AFTERGLOW
（レーベルフォーマットデザイン―ansyyqdesign）
印刷－中央精版印刷株式会社

価格はカバーに表示されてあります。

落丁乱丁の場合はアルファポリスまでご連絡ください。

送料は小社負担でお取り替えします。

ISBN 978-4-434-32513-7 C0093